日陰魔女は気づかない
～魔法学園に入学した天才妹が、
姉はもっとすごいと言いふらしていたなんて～
The shy
witch unaware

リエル・モブラン
age13
王都の名門魔法学園に
飛び級で入学した天才。
姉アイリを心底慕い、
尊敬している。
アイリ・モブラン
age16
憧れの王都ライフが
うまくいかず、
田舎に引き籠もる
ことにした魔女。

オベロン
妖精の王で
人間嫌いだが、
アイリには興味を
持っていて……？
ティターニア
オベロンの妹で
妖精女王と
呼ばれている。
エインセル（エル）
田舎に移り住んだ
アイリと最初に
仲良くなった妖精族。

「もしかしてフェアリークローク？」

妖精からの贈り物
「あ、あなただけなんだから、大切にしてよね」

レティ
age18
活発な王女様で、
リエルの通う
学園の上級生。
「なんてこと。
伝説は事実だったのね」

『死をもって己の愚行を悔いよ』
デボラ
age18
学園の生徒会長。
レティとは
同級生で親友。
暗黒龍が復活!?

Contents

The shy witch unaware

design work:寺田鷹樹（GROFAL）

illustration:タムラヨウ

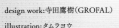

日陰魔女は気づかない

～魔法学園に入学した天才妹が、姉はもっとすごいと言いふらしていたなんて～

相野 仁

角川スニーカー文庫

23965

第一話

アイリ、途方に暮れる

Chapter 01

「アイリちゃん、困るよ。頼んだお皿、どれも汚れが残ってるじゃないか」

雇い主に軽く注意され、アイリはしょんぼり肩を落とす。

洗い物をする魔法。

使いこなせば服の洗濯から食器洗いまでできて便利なのだが、彼女のものは甘い。

「これじゃあお給金は引くしかないね」

「て、手で洗います」

ため息をつく雇い主にアイリは慌てる。

「いいけど、それじゃあ魔女を雇う意味がないんだよ」

と言われたが、イヤミじゃなくてただの事実だ。

食器洗いのアルバイトなら、魔女よりも賃金は低くて済む。

「単なるアルバイト扱いにさせてもらうけど、いいよね？」

「……はい」

アイリに断る権利なんてない。

魔女は役に立つ魔法を使うから、一般人よりも高い賃金で雇われる。

彼女は魔女であることを期待されて雇われたのだ。

役に立てない彼女は詐欺あつかいされ、追い出されても文句は言えない。

「ごめんなさい」

自分で洗い終えて、改めて雇い主に詫《わ》びる。

「……言いにくいんだが、アルバイトならアイリちゃんじゃなくてもいいんだよね」

返事がわりに言われたのが、遠回しの解雇宣告だとアイリは気づいた。

アイリは魔法以外の技能も人並み以下だ。

ならば彼女より器用で呑《の》み込みの早い者を雇いたいというのは、店舗経営者としては当然の考えだ。

「はい。お世話になりました」

彼女自身納得できるのだから、もう一度頭を下げる。

店を出て暗くなった空を見上げた。

「これで八軒めかあ……」

涙がこぼれそうになる。

親に心配をかけたくなくて、自分ひとりでも生きていけるのだと安心させたくて、彼女は故郷を出た。

しかし、取り巻く現実はとても苦い。

王都で働き口を見つけても今日みたいにクビになってしまう。

「はぁ……」

働いた分の賃金はもらえたのでまだマシだが、所持金に余裕はない。

王都だけに家賃も物価も高く、家計を圧迫している。

「明日からまたお仕事を探さないと」

両頬《りようほお》を軽く叩《たた》いて、暗い闇の底に沈んでいきそうな自分を叱咤《しった》した。

泣いていても何も変わらない。

それは故郷にいたときに思い知ったものだ。

「あら？」

借りている共同住宅の前に、見覚えのある中年男性の姿がある。

「大家さん？　やばっ」

そう言えばまだ家賃を払っていない。

アイリは背中に大きな氷をくっつけられたような気分になり、駆け足になった。

「ご、ごめんなさい」

開口一番謝った彼女を、大家がじろりと見る。

「用件は察しがついているようだね」

「は、はい」

アイリはとっさに上手《うま》い言葉が浮かばず、口をもごもご動かす。

「悪いんだけど、出て行ってくれないかな？」

「えっ⁉　決して滞納したわけじゃないですけど⁉」

大家の発言に彼女はぎょっとする。

たしかに家賃はまだ払っていないが、期日は数日後だ。

「滞納」となるにはまだ猶予があるはずである。

「そうなんだけど、今日でまた店をクビになったんだろう？」

「うっ⁉」

王都で大家をやっているだけであって、彼は顔がかなり広い。

そのことを思い知ってアイリは言葉に詰まる。

「な、何とか待っていただけませんか。次の仕事を見つけて、必ずお支払いしますから」

彼女は頼むしかない。

祈るような気持ちで、服の裾をぎゅっと摑《つか》む。

「うーん……君はいままでまじめに働いてきて、家賃を滞納したこともないから、信じたいんだけどね」

大家は困った顔で、歯切れも悪い。

「じつはあの魔女は使えないって、話題になりつつあるんだよ。うわさの流布の速さを、君は知らないようだね」

「そ、そんな……」

アイリは若草色の目を見開く。

つまり今後は魔女として雇われるのは難しい。

大家の言いたいことを察してしまった。

「親しい人間がいるなら話は違うんだけどね」

大家は気の毒そうに言う。

そんな知り合いがいればアイリの生活はもっと違っていたかもしれない。

「さすがに明日じゅうに出て行けとは言わないから……」

大家は言い残して立ち去る。

まだ十六になって間もない少女に、残酷な仕打ちをしている罪悪感でも抱いたのだろうか。

ならもうすこし猶予をほしいと思う余裕は、アイリに残っていなかった。

「どうしよう……」

のろのろと共同住宅の中に入って、彼女は頭を抱える。

晩ご飯や職探しという気分は吹き飛んでしまった。

窓からさしこむ日光を浴びて、アイリは目が覚める。

床で寝てしまったので体が痛い。

おまけにお腹《なか》もすいている。

「朝？　最悪」

「……わたしに都会暮らしは無理だったのかな」

がんばろうという意欲はすでに折れてしまっていた。

せめて家賃が安い地域に移れば、多少は楽になるかもしれない。

「まだおうちに帰りたくないなあ」

帰れば両親はあたたかく迎えてくれるだろう。

その点を疑っていないからこそ、もうすこし自力でがんばってみたい。

ぐるるるとお腹の虫が大きくなる。

彼女は真っ赤になり、家の中でよかったと思う。

「何か食べようかな」

食べないと体がもたない。

家賃はきちんと払わなければいけないので、ぜいたくはできないが。

家の外に出たとたん、

「お姉ちゃん見つけたーっ！」

聞き覚えのある可愛《かわい》らしい声とともに、何かが抱き着いてくる。

「えっ⁉」

何が起こったのか、アイリはすぐに理解できず固まってしまう。

「本物のお姉ちゃんだ、えへへへ」

数秒後、我に返った彼女は自分に抱き着く少女の顔をまじまじと見つめる。

「リエル⁉」

彼女の妹、リエルが正体だった。

「うん、お姉ちゃんの妹のリエルですよ？」

妹という部分に力を込めてリエルは笑う。

あどけなさの残る美人と言える顔立ち。

発育はなかなかいいのがブラウスの上からでもわかる。

すこし見ない間にまた育ったような……。

「な、何でここに？」

リエルはまだ十三だからと故郷で両親と暮らしているはずだ。

アイリが王都に行くのを泣きながら反対したのは、まだ記憶に新しい。

「もちろんお姉ちゃんに会うためだよ！」

「そんなわけあるかい」

満面の笑みといっしょに放たれた言葉を、彼女の背後からひとりの女性が否定する。

現れたのは灰褐色のローブをまとった恰幅《かっぷく》の良い、紫色の髪の老婦人だ。

「サーラ先生……」

アイリは目を見開き、声を詰まらせる。

サーラもまた魔女であり、彼女ら姉妹に魔法を手ほどきしてくれた人だ。

つらいときは両親ではなく、彼女の優しく厳しい教えを思い出すようにしていた。

「魔女としてやっていきたいと言って家を出たと聞いたけど、まさか王都にいるとはね」

サーラはゆっくり周囲を見回して、ため息をついた。

「こんなところじゃ、あんたの才能は活《い》かせないだろうに。どうせ上手に生活魔法を使えず、魔女としての報酬をもらえず、困ってるだろ？」

ずばりと言い当ててしまう。

「な、何でわかるんですか」

アイリはびっくりして涙が引っ込んでしまう。

「あんたって、人の話は聞くわりに勘違いするよね」

サーラはもう一度ため息をつく。

「え？」

きょとんとするアイリに、

「お姉ちゃんは天才だものね！」

リエルが頬ずりをしてくる。

さすがに十三になった妹にされても困惑が勝つ。

何とか引きはがしたあと、

「天才はあんたのほうでしょう」

とアイリは感情を殺して言う。

そう、リエルは誰もが認める魔法の天才だ。

二歳のときに魔法を発動させ、うわさを聞きつけたサーラがわざわざやってきたほどである。

故郷から出たのは妹と比較されたくなかったから、という気持ちがないと言えばウソになってしまうだろう。

「えーっ、お姉ちゃんはわたしよりもすごいのに！　先生だって言ってるよ？」

リエルは灰色の目を丸くして叫ぶ。

「それはないでしょ」

アイリがまたかとげんなりする。

妹のリエルはみんなが騒ぐ天才のくせに、姉のほうがもっとすごいと主張しているのだった。

「いや、あんたは才能があるよ。使うのが驚くほどヘタクソなだけで」

サーラはあきれた顔でばっさりと言う。

「うう……」

アイリは反論しようとして、言葉に詰まる。

さすがにこのふたりを相手に自分の現状をそのまま話すのはためらわれた。

「あんたの場合、こんな人の多い都会じゃなくて、自然が豊かで精霊たちと触れ合う機会が多い田舎のほうが、才能を発揮できるだろうよ」

とサーラは言い放つ。

「えっ？　そうなんですか？」

アイリが聞き返すと、

「あんたは前提から間違えてるのさ」

サーラにきっぱり言われてしまい、彼女はがっくりと肩を落とす。

「お姉ちゃんってば、うっかりさん！　そこも大好き！」

チャンスとばかりにリエルがふたたび抱き着いてくる。

「ううう……」

アイリはすぐには切り替えられず、抱いていた疑問を口に出す。

「結局、リエルは何でここに？」

「王立魔法学園に入るのさ。アタシの推薦でね」

リエルはニコニコして彼女に抱き着いたままなので、かわりにサーラが答える。

「ああ、なるほど……」

王立魔法学園は国で一番の名門で、入学も卒業も厳しいエリート校だとアイリでも知っていた。

それでも妹ならと彼女は受け入れる。

「じゃあすぐにお別れかな」

と言ったときのアイリの心理は複雑だった。

可愛い妹に会えたのはうれしいのだが、同じ魔女として比較されるのはつらい。

「あれ⁉　せっかく会えたのに⁉」

リエルは愕然《がくぜん》として彼女から離れ、サーラの顔を見る。

「当たり前だろう。何を言ってるんだい？」

その反応は正しいとアイリは思ったが、リエルは違ったらしい。

「そんな⁉　お姉ちゃんと暮らせると思ったから来たのに⁉」

どうやら妹は姉とのふたり暮らしを夢見て、ここまで来たようだ。

「あんたはちょっとくらい姉離れをしな」

サーラはまったく取り合わず、アイリに目をやった。

「アタシを信じて、もうすこしがんばってみるかい？」

「……はい」

すこしだけ考えて彼女は返事をする。

もともとひとりでがんばる意思はあったのだ。

行き先を選ぶ参考になった程度の違いでしかない。

「そうだ。これを渡しておこう」

とサーラが青い石のペンダントをアイリに手渡す。

「こいつがあればアタシと通話できる。なんかあったら相談してきな」

たぶんしてこないだろうなという顔をしながら、サーラは言う。

「ありがとうございます」

アイリはぎゅっとペンダントを握りしめる。

「ではわたしはこれで……」

これ以上話しているとがんばる意思がくじけてしまう。

名残惜しいのを我慢してアイリはふたりと別れることにした。

「えー!?」

当然のように抗議しようとしたリエルは、サーラに阻止される。

「まあ、やってみな」

というサーラの簡素であたたかい言葉がアイリにはうれしかった。

朝からやっている店でパンを買って腹ごしらえをして、彼女は西を目指す。

門を出ようとしたところで、彼女はふと足を止める。

「頼む、急いでいるんだ！」

二十代と思《おぼ》しき若者が必死に門を守る兵士に叫んでいた。

離れた位置に止まっている馬車から、何やら闇の気配がある。

「そうは言われてもなぁ」

兵士は困った顔で言う。

「原因不明の病気になってる人を、中に入れるわけにはいかないんだよ」

理由は言うまでもないという態度だ。

「だから王都の名医を頼ってきたんじゃないか」

若者の言うことは一理あるとアイリは思うが、兵士たちは認めない。

「このままじゃ、父さんたちが……」

若者の表情が悲しみと絶望でゆがむ。

見かねたアイリは馬車に近づいていき、

「あんたたち、いたずらはやめなさい」

と声をかけた。

すると馬車の中から二匹の小さな黒い翼の生えた異形たちが、姿を見せる。

「えへへ、ごめんなさい」

彼らは彼女に謝ると姿をくらませてしまう。

突然の展開にぎょっとして見ていた若者は、やがておそるおそる彼女に聞く。

「えーっと、そこの君、いまのはいったい？」

「低級悪魔の一種です。逃げたのでもう大丈夫だと思いますよ」

とアイリは告げる。

彼らにとっては軽いいたずらにすぎない。

おそらく憑《つ》いた相手を殺す意思などなかっただろう。

言わないほうがいいだろうと彼女は判断して、

「では、わたしはこれで」

と立ち去ってしまう。

「え、あ、ちょっと、待ってくれ。お礼を、名前を」

若者がうろたえて呼びかけたが、アイリの耳には届かなかった。

「本当なんだって！」

若者が王都で暮らす友人の医者に興奮して話す。

「ああ、わたしらも経験したよ」

彼の老両親も同意したものの、友人は困惑を隠せない。

「ロイたちがウソつきとは言わないけど、そんなことできる魔女なら有名になってそうなんだよなあ」

彼が親子の話に半信半疑なのは、できる魔女に心当たりがないからだ。

医者と魔女は切っても切り離せない関係にあるため、王都で有力な魔女のことはひと通り把握しているつもりである。

「先生、悪魔の痕跡をこっちから感じます！」

そこにリエルがサーラとやってきた。

「あんたの知覚能力、もう一流どころだね。もしかして推薦先を間違えたかな？」

サーラの疑問をよそに、リエルは老夫婦を見る。

「おじいさん、おばあさん。さっきまで悪魔が憑いてませんでした？」

「え、何で分かったんだい？」

まだ幼なさの残る少女にいきなり話しかけられ、面食らいながらもおじいさんは答えた。

「だって魔力の残滓《ざんし》をおじいさんとおばあさんから感じます。あたしも魔女ですから」

「へえ、そういうものなのかな」

おじいさんは詳しくないので素直に受け入れる。

「悪魔憑きが出たなら退治しておこうかと思ったけど、取り越し苦労だったようだね」

とサーラが言うと、医者がぎょっとして叫ぶ。

「大魔女サーラ様！」

「仰々しいのはきらいだよ」

かしこまろうとした彼に対してサーラは先手を打つ。

「しかし、悪魔憑きなんて対処できる魔女はかぎられてるはずだがねえ」

と彼女が言う。

「おっしゃる通りです」

医者は同意すると、

「サーラ様ならもちろん可能でしょうが、少女がやってのけたなんて、なかなか信じられないことです」

彼女なら心当たりはあるのか、視線で探りを入れる。

「おい、もしかして俺の話を信じてないのか？」

友人の反応にロイが気分を害した。

「いや、そうじゃなくて」

慌てる医者をよそにリエルが老夫婦に問う。

「どんな魔女だったのですか？」

おじいさんが特徴を答えると、彼女の目が輝く。

「それはお姉ちゃんです！」

白い頰《ほお》を興奮で紅潮させた。

「え、ほんとかい？」

驚く老夫婦に彼女は力強くうなずく。

「外見も年齢も一致しますし、同じ年でそんなことできる魔女なんて、ほかにいるわけないですよ！　ねえ、先生？」

早口でまくし立てる彼女にサーラは微笑《ほほえ》みかける。

「そうだね。あの子の魔力の残滓も残ってるしね」

「えっ？　あ、ほんとだ！」

リエルは一瞬だけ戸惑ったものの、すぐに姉の魔力に気づく。

「わかるものなんですね」

医者が困惑しながら言う。

「並みの魔女なら無理だけど、この子は魔法学園に飛び級で入学を決めた天才だからね」

とサーラが話す。

「それはすごい。魔法学園なんてエリートじゃないと入学すらできないのに」

医者よりも老夫婦のほうが驚きは強かった。

「えー、わたしなんかよりお姉ちゃんのほうがずっとすごいですよ！」

リエルは自分が褒められたことに納得がいかないという顔をする。

「わたしも小さいころ、悪魔に憑かれたんですけど、お姉ちゃんが追い払ってくれたんです！」

と話すと、

「なんだ、そうなのかい？」

老夫婦は彼女に対して親近感を抱く。

「そうなんです！　あのときのお姉ちゃん、かっこよかったですよ！」

もう一度見たかったと言わないだけの分別は、まだリエルには残っていた。

「そんなすごい魔女の存在、僕が知らないなんてあり得るんですか？」

医者は困惑を深めて腕を組む。

「そりゃあの子、自分の才能を理解してないからね」

サーラは頭痛をこらえる表情になる。

「精霊や悪魔に干渉する魔法なら、アタシだって勝てないかもしれないのに」

と言うと、医者が愕然とした。

「いやいやいや、サーラ様と言えば、世界十指に入るお方ではないですか」

そんな大魔女がかなわないなんてありえない。

医者の気持ちが伝わったのか、老夫婦もサーラに驚きと困惑の目を向ける。

「ど、道理で聞き覚えがあると思いました」

老夫婦の顔に汗が浮かぶ。

「先生、有名人ですね。学園行ったときも思ったけど」

リエルはケラケラと笑い、サーラはくだらないと鼻を鳴らす。

第二話　引っ越し先の村

Chapter 02

「先生が言ってた田舎……こういうとこかな？」

アイリはつぶやき前方の村をながめる。

建物の数からしておそらく人口は多くないだろう。

周囲は緑が豊かで、村のものと思われる畑が広がっている。

「魔女の需要なんてあるのかな？」

アイリは疑問を抱く。

人が多いほうが魔法の出番は多いと彼女は思うのだ。

それでもサーラへの信頼が上回り、彼女は村の中に入る。

「おや、可愛《かわい》いお客さんだね。珍しい」

いきなり遭遇した質素なシャツを着た女性が目を丸くした。

女性にしては体格がよく、日焼けしていてたくましそうだ。

外見年齢で言えばアイリのすこし上くらいか。

「珍しいですか？」

アイリが首をかしげると、

「女の子がひとりでわざわざ来るのはね」

女性は笑って疑問に答えてくれる。

「何の用だい？　旅人かい？　泊まるとこなんてないけど」

と女性は連続して問いを浴びせる。

「え、ええっと」

アイリはひるんでしまったが、なんとか勇気を振り絞った。

「この村で生活をしたいのですけど」

「移住希望者かい？　あんたが？」

女性の無遠慮な視線が彼女の小柄な全身に向けられる。

「力はなさそうだね。……薬師か何かかい？」

肉体労働者に見えないと判断されたらしい。

「えっと、魔女なのですが、必要ですか？」

アイリは自信ゼロの様子で聞く。

必要とされてないなら、別の村を探すつもりだからだ。

「魔女？　あんたが？」

女性は目を見開いたが、すぐに納得する。

「言われてみれば女の子のひとり旅なのに、手荷物がないね」

荷物を持たない旅人なんて普通ならありえない。

女性ならとくにカバンのたぐいは必須だ。

手ぶらという時点でアイリがただ者じゃないという証《あかし》になる。

「それに汚れてもないし疲れてもなさそうだし」

普通の旅人なら徒歩で旅をすれば疲れるし、服の汚れまで落とすのはまず無理だ。

女性の判断は当然である。

「魔女はありがたいけど、うちの村は貧しいんだ。お高い報酬なんてとてもじゃないけど、払えないと思うよ」

女性は眉間にしわを寄せ、率直に言う。

「い、いえ、そんなに受け取れないといいますか」

アイリは慌てて首と手を振る。

「家を貸していただいたり、食べ物をわけていただければ」

アイリは物欲があまりない。

家賃と食費をまかなえれば充分だった。

「そんなものかねえ」

女性は納得しかねる様子で、

「ところで何ができるんだい？」

と肝心な点を問う。

「ええっと……」

困ったのはアイリだった。

できれば利便性の高い魔法を売り込みたい。

しかし、王都で失敗に終わり、サーラにも助言されたのでためらった。

「精霊とおしゃべりできますけど」

魔女である必要があるのかはさておき、事実である。

「精霊？　何の役に立つんだい？」

ところが悲しいことに女性には理解されなかった。

「あ、あれ？」

アイリは泣きたくなる。

田舎なら精霊との触れ合いは大事じゃなかったのか。

彼女にとって売りになりそうなポイントはほかに思いつかない。

悪魔を追い払うくらいならできるが、この村に悪魔は出るのだろうか。

「役に立つ魔法を使えない子を、食わせる余裕はないんだけどね」

正論である。

女性の声も顔にも厳しさがないのが、かえってアイリはつらい。

「ご、ごめんなさい」

アイリは謝り、うつむいてしまう。

自分に自信を持てず、自己主張が苦手な彼女の限界だった。

「まあ、あたしたちの仕事を手伝ってくれるなら、住むのは認められるんじゃないかね」

女性は気まずい顔で助け舟を出してくれる。

「あ、ありがとうございます」

アイリはホッとした。

「まあ、村長に話をつけなきゃいけないけどね」

と言われて、彼女は周囲に意識を向ける。

何人か女性たちが彼女たちのほうを見ていることに気づく。

「ああ、こんな村に人が来るのは珍しいからね。旅人すらほとんど来ないのさ」

と女性は笑って、

「あたしはターニャ。よろしくね」

名乗ってくれる。

「は、はい。わたしはアイリと言います」

アイリはぺこりと頭を下げた。

「可愛い名前じゃないか」

ターニャに褒められて彼女はちょっとうれしくなる。

「村長の家は奥だからね。こっちから行くほうがいいだろう」

とターニャは彼女を案内してくれた。

村長の家といっても奥にあるだけで、他の家と何ら違いはない質素な造りだった。

教わらないとアイリではわからなかっただろう。

「移住希望者とは珍しいな」

事情を聞いた村長は白いひげをなでる。

彼は小柄な老人で、足が悪いということで座ったままだった。

「嫁入り希望なら需要はあるが、そういう意味ではないのだろう？」

「は、はい」

探るような問いにアイリは即答する。

結婚願望がないわけじゃないが、今回の目的は違う。

「村の女たちの手伝いをするなら、試しに置いてもかまわんだろう。人手はあるほうがうれしいからな」

と言ってからけわしい目でアイリを見る。

「ただし、働き者ならだ」

その後に続いた言葉はターニャのものと同じだった。

「わかっています」

がんばって働く意気込みならあるとアイリはうなずく。

「なら、いい。ターニャ、すまないがあき家にこの子を案内してやってくれ」

「はいよ」

「ありがとうございます」

アイリはもう一度ターニャに礼を言う。

「感謝するのは早いんじゃないかい？」

ターニャに意味ありげな返しをされ、彼女は困惑する。

「えっと、どういう意味でしょう？」

「ついてくればわかるさ」

というターニャの言葉の意味を、彼女はほどなく理解した。

こぢんまりとした家はすぐに暮らすのは難しそうな状態だったのである。

「人手が欲しいってのはこういう意味もあるのさ」

とターニャが言ったので、

「なるほどです」

アイリは相槌《あいづち》を打つ。

きっと手入れが行き届いてない建物、場所がほかにもあるのだろう。

「手伝う余裕はないけど、どうする？　今晩くらいならうちに来てもいいよ」

と申し出たのはターニャが優しいからだろう。

「いえ、大丈夫です」

アイリは承知しつつ断る。

自信があるわけじゃない。

ただ、厚意を受け取ることに臆病になっているだけだ。

「我慢せず、はっきり言いなよ？」

ターニャに念を押され、彼女はこくりとうなずく。

「じゃああたしは仕事に戻るから」

「あ、ありがとうございました！」

仕事の手を止めて自分のために動いてくれた女性に、アイリは頭を下げる。

意識的に大きめの声を出して。

「いいってことさ」

ターニャは小さく笑って自宅へ戻っていく。

「さて……」

アイリは貸してもらった小さな家をもう一度見る。

「掃除をしなきゃ」

汚れている場所でも彼女は平気だけど、外聞はよくない。

村人たちの心証を悪くする行為はひかえたかった。

生活魔法が苦手なアイリだったが、逆に魔法に頼らなくても何とかなるというメリットがある。

「と思うしかないわね」

彼女はひとりごとをつぶやく。

ひとり暮らしを経験していつしか癖になっていた。

「寝床だけやればいいかな」

と考えたのはさぼりたいからじゃない。

もし、ここも追い出されたら？

という不安がぬぐえないからだ。

「あとにしよ」

アイリは二秒ほど迷ってから決断する。

「さてっと」

息を吐いてからきれいにした部分に寝転がった。

窓にはガラスなんて高価なものはないが、外の景色は見える。

「わ、見つかった」

はずだったが、彼女が見たのは日焼けした子どもたちだった。

「あなたたち……」

年下の子たちに見られるとさすがに恥ずかしい。

スカートがめくれてなくてよかった。

と思いながらアイリは体を起こす。

「おねえちゃんは魔女なの?」

好奇心いっぱいに聞いてきたのは七歳くらいの少女だ。

「のわりには魔法使わないな」

遠慮ないことを言ったのは十歳くらいの少年。

「ほんとに魔女なのかな?」

疑う目つきなのは九歳くらいの少女。

「い、いちおうね」

子ども相手にムキになれず、アイリは顔を引きつらせる。

「ねえ、魔法見せて?」

七歳くらいの少女が無邪気な瞳で彼女を見つめた。

「え、ええっと」

彼女は答えに迷う。

「おとながいないとまずいんじゃないかな」

無難そうな答えを口にする。

「えーっ」

「つまんないよ」

子どもたちは不満をこぼす。

予想できた反応だが、アイリとしては譲りたくない。

来たばかりなのに、勝手なことしちゃったら。

と思ってしまう。

「あんたたち、何してるの？」

そこにターニャの声が聞こえて、子どもたちはたちまち逃げた。

「ターニャさん」

ほっとしてアイリが声をかけると、

「あの子たちに何か困らせられなかったかい？」

ターニャが窓からのぞき込む。

「ええっと……」

アイリは告げ口するようで気が引けたものの、

「実は魔法を見たいと言われまして」

と正直に伝える。

「やっぱりかい」

ターニャは予想通りだと舌打ちをした。

「見せなくていいからね？」

彼女の剣幕《けんまく》に押されて、アイリはうなずく。

「ああ、魔法は見世物じゃないって意味だから」

ハッとした表情でターニャは言う。

「そういう意味でしたか」

勝手に魔法を使うなと言われたかとアイリは誤解するところだった。

「そうさ。あんたが必要と思ったら使うのはいいだろうさ」

ターニャの言葉にアイリはひとまず安心する。

もっとも、魔法の使い方で注目は集めそうだけど。

「掃除はきらいじゃなさそうだね」

とターニャは家の中を見て言う。

「はい。そういう魔法は不得手でして」

自分でやるしかないとアイリは力なく笑む。

「ふーん」

ターニャは彼女と家を交互に見て、

「まあ誰にでも得手不得手はあるさ」

と簡単に言った。

魔女なのに魔法が苦手なのか、といった無遠慮な言葉が来なくてアイリは安心する。

「時間があるなら、あたしの仕事を手伝ってくれるかい？」

とターニャは言う。

「は、はい。喜んで」

アイリは慌てて立ち上がる。

「じゃ、ついてきな」

ターニャに連れられて彼女がついたのは、村の井戸だった。

五人の女性たちが地面に座り、裁縫をしている。

年齢は少女から母親くらいまでとバラバラだ。

「針仕事は女のものってわかるかい？」

とターニャに言われる。

「い、一応は……」

アイリは知っているが、自信はなかった。

手先が不器用なのである。

妹のリエルは器用なので、魔法なしでも重宝されたのだが。

「ま、できることを見つければいいいさ」

ターニャは彼女の反応から察したらしく、無理にとは言わなかった。

「この子が魔女ちゃん？」

ターニャと同じくらいの女性が手を止めて彼女を見上げた。

「は、はい。アイリです」

名乗りながらアイリは緊張で心臓が飛び上がるのを自覚する。

「……見えないねえ」

「よく言われます」

女性の言葉に悪意はなかったが、アイリはしゅんとした。

「魔女だからってわけじゃないからね」

ターニャが彼女をかばうように言う。

「そりゃそうでしょ。この村にそんなたくわえがあるわきゃない」

若い女性が乱暴な言い方をする。

「まあまあ」

おっとりとした印象の茶髪の女性が声をあげた。

「大切なのは助け合いだから。ね？」

「は、はい」

アイリは首を縦に振る。

何をすればいいのかわからないが、やる気だけはあった。

「即戦力ってわけじゃなさそうだね」

という乱暴な女性の一言が彼女の耳には痛い。

「即戦力が来るわけなんてないってあんたも言っただろ」

即座にターニャが言い返し、

「その通りだね」

若い女性はぷっと噴き出す。

「だから気にせず頑張りなよ」

と言いながらアイリを見てにやっと笑う。

どうやら悪い人じゃないらしい。

アイリが安心すると、子どもたちの集団がやってくる。

先ほど彼女の家をのぞいていた三人をふくめて合計七人だ。

「あ、魔女のおねえちゃんだ」

「本物の魔女なのか、わかんなくない？」

と彼らはアイリを見て指をさしながら、好き勝手言いあう。

「よかったら、この子たちと遊んであげてくれるかい？」

ターニャが何かを思いついた顔で提案する。

「わたしはいいですけど」

アイリは戸惑いながら、子どもたちを見た。

自分みたいなよそ者、それもどんくさい女でいいのか。

「へえ、おねえちゃんと遊ぶの、楽しそう」

七歳くらいの女の子が目を輝かす。

「大丈夫か～？」

十歳くらいの男の子が生意気な顔で疑問を言う。

「た、たしかに」

子どもの体力についていけるか、アイリに自信はない。

「いきなり弱気だね」

ターニャをはじめ女性たちは笑う。

「まあ、やってみることだね」

「は、はい」

ターニャがチャンスをくれたのだとアイリは解釈しているので、断る気はなかった。

「つ、疲れた……」

アイリはへとへとになって家の前にしゃがみ込む。

日が暮れるまで子どもたちと遊んだ結果である。

子どもたちの体力はバケモノみたいだ。

自分も田舎に生まれたんだから体力がないわけじゃない。

というアイリのひそかな自負はあっさり砕かれた。

子どもたちってこんなにすごいの？

「おねえちゃん、だらしない」

ケラケラと笑うのは七歳くらいの女の子だ。

「いやー、けっこうがんばったほうじゃないか？」

と生意気な男の子が上から目線で評価する。

アイリはふしぎと腹が立たなかった。

……怒る元気もないせいかもしれない。

「そうだ。手伝ってもらお」

と彼女はひらめく。

本当はあまり好きじゃないのだけど、精霊のことを言っても反応が悪い村ならかまわないだろう。

そもそもいまのままじゃ子守りが務まるか心もとない。

「コール・シルフ」

アイリは仲良しの妖精を呼び寄せる。

薄緑の服を着た二枚翅《ばね》の少女――妖精のシルフが目の前に現れた。

「わぁ⁉　なになに⁉」

子どもたちはたちまち好奇心むき出しで近寄ってくる。

シルフは平然として彼らに囲まれていた。

温和で子ども慣れしているのが、アイリが選んだ理由である。

「妖精さんよ。珍しい？」

とアイリが息を整えながら問う。

「初めて見た！」

「かわいい！」

子どもたちはキラキラと目を輝かす。

「シルフ、子どもたちと遊んでくれる？」

「まかせて」

アイリの願いにシルフは快諾する。

子どもたちのはしゃぐ声がたちまち村に響く。

「ふー」

アイリはひと息つく。

子どもたちが喜んでくれたなら何より。

情けないという想《おも》いがないと言えばウソになるけど、それよりも子どもたちのほうが大事。

「ときどきだけど見てたよ」

そこへターニャがやってきて、コップに入れた水をアイリに出してくれた。

「ありがとうございます」

水は常温だったが、疲れた体にはとてもおいしく感じる。

「うまそうに飲むね。ただの水なのに」

ターニャはうれしそうに言う。

「おいしいですよ」

アイリは世辞ぬきで言った。

水は田舎のほうがおいしいと彼女は本当に思っている。

「あの悪ガキたちの相手ができるなら、村にいてもらう価値はあるね」

乱暴な口調で先ほどの女性が言う。

「そうだね。大したもんだ。あたしらだって手を焼かされるのにさ」

とターニャは感嘆する。

「えへ」

アイリは照れてにやけてしまう。

褒められたのはずいぶんと久しぶりな気がする。

彼女の中でリエルは計算に入れていない。

なぜなら妹はことあるごとに褒めてくるので。

「歓迎会なんてものはできないけど、メシを食いに来てもらうことはできるよ?」

どうするかとターニャに聞かれて、

「ぜひ」

アイリは即答する。

彼女に余裕はなかった。

「あいよ。大したものは出せないけどね」

ターニャはにやっと笑ってから子どもたちを見る。

「あんたたち! 家に帰る時間だよ!」

怒鳴るまではいかなくとも、迫力のある声だ。

「はーい！」

子どもたちは飛び上がり、散り散りに駆けていく。

シルフはそれを見て自分の判断で姿を消す。

「慕われてるんですね」

とアイリは評する。

子どもはきらいな相手の言うことを簡単には聞かない。

好かれているからこその反応だ。

「なに、そんないいものじゃないよ」

ターニャは否定したものの、まんざらではない顔だ。

「ところで魔法を使ったんだよね？」

「かわいらしい子を呼ぶ魔法なんてあるの？」

村の女性たちは好奇心を隠しきれない顔で聞いてくる。

「ええ、妖精を呼んで力を借りたんです」

アイリは精霊と同じく聞き流されると思って素直に答えた。

「えええええ!?」

「よ、妖精様!?」

ところが、女性たちはみんな仰天して大声を出す。

「……あれ？」

アイリは首をかしげる。

精霊に無反応なら、妖精だって知らないはずなのに。

どういうことなんだろう。

「妖精様⁉」

離れた位置でも混乱が起こっている。

「……わたし、なにかやっちゃいましたか？」

アイリはたずねると、空気が固まった。

気のせいじゃないなら困惑で満ちている。

村人たちはヒソヒソと会話した。

「あたしんちまで行こうか。父親も紹介しなきゃね」

ターニャはどこかぎこちない顔で話しかけてくる。

「あ、はい」

なかったことにされた？

と思ったけど、気まずい空気から逃げたいアイリは逆らわない。

どうやら妖精の存在はこの村でとても大きいようだ。

となると彼女の父に会わないといけないと思い、緊張が彼女を襲う。

「何だい？　いきなり」

アイリの表情の変化を読んだターニャが怪訝《けげん》な顔になる。

「緊張しちゃいます」

「大したもんじゃないよ。気楽にしてりゃいいさ」

ターニャは励ますように笑った。

気のいい女性だと感じ、アイリはうなずく。

歩き出すと大人の男たちの姿が大きくなる。

「おや、戻ってきたね」

畑仕事をしていた者たちだと格好を見ればわかる。

全員がそうなの？

軽く引っかかったものの、村ごとで差異はあるはずだ。

じろじろと無遠慮な視線を投げられるが、彼女にはなつかしい。

故郷の人たちもこんな感じだった。

「そこの子はたしか昼に見かけたな」

遠目で彼女を見ていたらしい白髪のおじいさんが目を丸くする。

「とりあえず置いてみようってなったのさ。反対はないだろ？」

とターニャが言う。

「そりゃ若者は歓迎だ」

別の男性が答えて笑い声が起こる。

田舎はどこだって常に人手不足なのだろう。

アイリの村だって例外じゃないはずで、すこし胸が痛む。

「うちに呼びたいんだけど、いいだろ?」

「うむ」

ターニャの父らしい男性はむっつりとうなずいた。

アイリの知る村人らしく、肩幅は広くて胸板は厚い。

寡黙なこともあって威圧されているように思える。

「物好きだな」

じろりと見てアイリに言う。

「歓迎してるって意味さ」

すばやくターニャが付け加える。

彼女の言葉がなければ不愉快なのかとアイリは誤解しただろう。

娘の見事なフォローと言える。

「こわいのは印象だけだから安心するといいぞい」

小柄な老人が笑いながら言った。

「違いない」
男たちが同時に笑い出す。
ずいぶんと仲がいいようだ。
村特有の団結感がアイリにはまぶしい。
いいなぁ。わたしにもこんな居場所があればなぁ。
という想いは言葉に変わる前に、彼女の中で溶けた。

第三話 初めての夜と出会い

Chapter 03

ターニャの家は彼女と父しかいなかった。

「兄は都会に出て行ったよ。顔のひとつも見せやしない」

という家族としての言葉が、アイリにもぐさりと刺さる。

両親はおそらく心配しているだろう。

だが、こんなに早く顔を見せに行けば、きっとさらに心配させてしまう。

「落ち着いたらせめて手紙くらいは出しなよ」

ターニャにじろっと見られて、アイリは反射的にうなずいた。

「て、手伝います」

ご飯のしたくをしているターニャに、彼女はようやく申し出る。

「いらないさ。座って待ってな」

あっさりと断られ、立ちかけていた彼女は再び腰を下ろす。

斜め前にはむっつりとターニャの父が座っている。

とても気まずい。

アイリが手伝いたかった理由の半分が、じつは今の状況だ。

きらわれていないらしいが、彼女に話しかけて場の空気を持たせようとする男ではないらしい。

彼女だって口下手の自覚があるので、ただ耐える。

「何だい、ちょっとはしゃべりなよ」

救いの主が料理といっしょに現れた。

「えへへ」

アイリはごまかし笑いで対応する。

「無理に会話する必要はない」

と彼もむっつりと言った。

「そんなんだから子どもたちが寄り付かないんだよ」

ターニャがため息をつく。

どうやら子どもたちと距離があるらしいとアイリは感じる。

「元気ならいいだろ」

と彼のほうはそっけない。

「これだから父さんは……」

ターニャはもの言いたげにしながら配膳する。

出されたのは麦粥《がゆ》と野菜汁だった。

アイリにとってもなじみがあるメニューである。

「ありがとうございます」

礼を言って床に置く。

初めて王都に行ったとき、テーブルに食器を置く文化の違いには驚いた。

「あんた、いいところの出ってわけじゃなさそうだね」

不意にターニャが言う。

「はい、そうですけど」

アイリは何を当然という顔になる。

「はは、悪いね。魔女っていいところの出が多いって思ってたもんだからさ」

「はあ」

ターニャのはたまにある誤解だ。

魔女はリエルみたいに学園に通うエリートばかりじゃない。

「わたしは落ちこぼれですし」

アイリは苦く自嘲する。

残念ながら妹のように需要のある魔法を使いこなすことができない。

妹と師匠が褒めてくれるのは、身びいきでアテにならないと思う。

「村の助けになるなら、何だっていいさ」

ターニャは豪快に笑う。

「同感だ」

父親のガズもむっつりとした顔で支持をする。

「……ありがとうございます」

アイリは泣きたくなるのをこらえた。

すくなくともふたりは彼女を「落ちこぼれ魔女」じゃなく、「アイリ」として認めてくれる。

凍《い》てついていた心に温かい光が差し込むようだ。

「変な子だね」

ターニャは奇妙な表情になる。

べつに特別なことを言ったつもりはないのだろう。

「苦労したようだな」

というガズの言葉をアイリは否定も肯定もしない。

どちらかの反応になるには、まだ消化しきれてないものがある。

「苦労も捨てたもんじゃないさ」

とターニャが言う。

「若いうちはわからないだろ」

というガズの推測通り、アイリにはピンとこない。

年長者の言葉には含蓄があるかもしれないが。

「難しいです」

アイリは正直に話す。

感情がわかりにくい鉄面とはほど遠い自覚はある。

「そんなものだ」

とガズがぽつりと言う。

よくわからないままアイリはひとまずうなずいておいた。


「何かあったらうちに顔を出しな」

家から出る際にもらったターニャの言葉がアイリにはうれしい。

暗くなった空の一面に星が輝いている。

「星空なんてどこで見ても同じはずなのに」

なぜか彼女にはいまのほうが美しく見えた。

なぜだろうと思いながらアイリは自宅になった家に入る。

カギは一応かかるが、簡単なものだ。

慣れているので不安には思わない。

「明日はどうしようかな？」

ただ、未来の心配はある。

子どもたちと遊んですごすだけでいいのかな。

という思いが大きい。

「落ちこぼれ魔女」として見られるよりは気が楽だけど、何か違う。

「……考えてもわからないわね」

とつぶやいたが開き直りじゃない。

自分だけで考えるのはもしかしてあまりよくない？

なんて考えがいまの彼女の中で大きくなっている。

サーラに田舎暮らしを薦められたせいだ。

「明日、相談しようかな」

村の人が必要なことをやるほうがいい。

この判断はさすがに間違いじゃないと思う。

彼女なりに結論が出て寝転がった瞬間、物音が外からする。

「……おかしいわね」

彼女が戻ってきたとき、誰も外を歩いていなかった。

村人は朝が早い分、夜寝るのも早い。

「素直に考えるなら物取りだけど」

盗むものがなさそうな田舎で？

という疑問が強すぎる。

「どうしようかしら」

彼女も魔女のはしくれだ。

いざとなれば物取りのひとりくらい、何とでもなる武力がある。

それでも勇気が出ないのは気質のせいだろう。

「みんな寝てるだけだから、いざってときは起こせばいい」

声に出してようやく勇気も出た。

そっと窓から外をのぞいてみると、ひとりの少女が宙に浮いている。

「人間の魔力じゃないわね」

アイリは気配の異質さに気づく。

直後、その少女が赤い瞳で彼女をとらえる。

「エルのことわかるのね？」

言い逃れは無理だとあきらめ、アイリは黙ってうなずく。

「たぶん妖精よね。翅《はね》があるし」

と彼女はうっすらと感じる魔力で編まれた翅を指摘する。

「へえ、翅もわかるんだ？」

エルと名乗った少女は破顔する。

「魔女のはしくれなので、それくらいはね」

アイリは大したことじゃないと言う。

妖精は人間よりも高位の存在で、魔力のかたまりと言える。

「感知できない魔女なんていないでしょ？」

という彼女の発言に、

「へえ」

エルは赤い瞳を輝かせる。

たぶん魔女に会ったことがないとアイリは判断した。

すくなくとも妹やサーラ級の実力者は知らないはずだ。

「オモシロイのね、あなた」

エルがにやける理由がアイリにはわからない。

エルはふわっと近寄って、お互いの鼻をくっつける。

何かが刺激しあう。

「妖精のあいさつよね？」

とアイリが言うと、

「知ってる子は初めてだわ」

エルは目を丸くする。

「何で知ってるの？」

「えっと」

言ってもいいのかなと思いつつ、

「前に友達になった妖精に教えてもらったの」

と打ち明ける。

エルが同じ妖精だと確信してなかったら、言わなかっただろうけど。

「でしょうね」

エルは納得している。

「……教えてもいいのよね？」

「妖精のあいさつを知ってるくらい、話すのはいいわよ」

ケラケラとエルは笑う。

「よかった」

アイリは胸をなでおろす。

「ねえねえ、どんな子だったの？」

エルが聞きたがっていることを察したので、

「颪の娘って言ってたわ」

と教える。

「颪の娘って……やっぱりあなたオモシロイわね」

エルはびっくりしたあと、くすっと笑う。

アイリにしてみればわけがわからない。

「なぜか聞いてもいい？」

「だーめ」

エルは首を横に振るといたずら好きの顔をする。

「言わないほうがオモシロそうだからね」

「ええ……」

アイリはげんなりする。

妖精がこの反応をするとき、ろくでもない結果が起こりやすい。

彼女は知っているが、どうしようもなさそうだ。

「あ、これは教えてあげる。あたしは大地の娘よ」

とエルは告げる。

「そうなの」

アイリはすこし意外に思う。

性格的には彼女も風っぽかったからだ。

「失礼なこと考えてるわね」

エルに見透かされたので彼女はあわてる。

「そ、そんなことないわ」

「あなた、ごまかすの下手よ？」

エルにばっさり切り捨てられ、彼女はがっくりと肩を落とす。

「ま、いいわよ。よく言われるし」

とエルは機嫌よさそうに言う。

「そ、そうなんだ」

アイリはちょっと安心する。

妖精の機嫌を損ねていいことなんてない。

「ところでどうしてここへ？」

と彼女はエルに聞く。

妖精が自然豊かな場所を好むのはおかしくない。

だが、人間の集落に入ってくるのは希少だ。

「んー、何となく？」

エルは考えながら言う。

「何となくかあ」

アイリは困惑する。

妖精の気まぐれさを考えればあり得る話だ。

反面、妖精は理由があるのに自覚していないというパターンもある。

どちらのパターンか判断材料がない。

「そ、うまく言えないのよね」

とエルは華奢《きやしや》な肩をすくめる。

「そっか」

大地の娘ならこの村には悪影響はない。

エル自身にいたずらする意思がないなら。

「あなたの名前は？」

とエルに聞かれて、

「アイリ」

彼女は即答する。

友好的な妖精には素直に教えるほうがよい。

「アイリ、いいお名前ね」

エルは楽しそうに微笑《ほほえ》む。

「ありがとう」

礼を言ってから彼女は、

「エルのお名前は？　エルなの？」

と聞く。

妖精は平気で愛称を名乗ると知っているからだ。

質問しないと教えてもらえないとも。

エルは首を横に振って、

「エインセルよ」

と答える。

案の定愛称だった。

「とても素敵なお名前ね」

アイリも褒める。

本音が半分、礼儀が半分だ。

「ありがとう」

エルはうれしそうに目を細め、

「ねえ、あなたのおうちに入ってもいい？」

と聞いてくる。

「ええ、どうぞ」

いい傾向なので彼女は即座に招く。

エルはふわりと窓から舞い込んでくる。

瞬間、家の中の空気が変わった。

「これは祝福？」

アイリが聞くと、

「そんなものじゃないよ。もしかしたら、アイリにはちょっといいことがあるかもしれないけど？」

エルはクスクス笑う。

「ああ、常態効果《パッシブ》なのね」

アイリは理解した。

妖精の中にはただいるだけで、周囲に何らかの効果を与える者もいる。

「？」

もっとも人がそう呼んでるだけなので、エルには通じない。

エルは翅をゆっくり動かしながらきょろきょろと見る。

「何もないね。ニンゲンってモノを置くのが好きそうなのに」

妖精基準の発言にアイリは吹き出す。

「そうね。わたしも今日来たばかりだから」

と事情を話した。

「そうなの。おそろいだわ」

エルは目を輝かせる。

妖精の感性だなとアイリは感じつつ、

「おそろいね」

と笑いかける。

「ふふ」

エルはうれしそうに家の中を飛び回り、すぐに顔をしかめて戻ってきた。

「アイリ、狭いわ」

率直すぎる意見に彼女も苦笑いするしかない。

「お外とは違うわよね」

雄大な自然に慣れた妖精では窮屈だろう。

アイリが理解を示すと、

「そうね。ニンゲン、何でこんな場所が好きなの？」

エルは困った顔で聞く。

「雨風をしのいだり、獣から身を守らないといけないから」

妖精とは違う生き物なのだとアイリは語る。

「そっか。不便ね」

エルは納得し、同情した。

妖精なら雨風も獣も夜の闇だって平気だろう。

うらやましくないと言えばウソになる。

「おうちに帰る？」

人の住む場所をきらう妖精は珍しくない。

だからアイリは聞いたのだが、

「ううん。もうちょっといる」

エルは彼女を見つめて即答する。

第四話　妖精と遊ぼう

Chapter 04

アイリが朝目覚めると、上に乗ったエルも寝ていた。

「おはよう」

彼女が声をかければ、

「むにゃむにゃ」

エルが声を漏らす。

「こういうところは同じよね」

とアイリは微笑む。

「魔女ちゃん」

そこにターニャの声が聞こえてからドアを叩《たた》く音がする。

「起きてるかい？」

「はい」

アイリが返事をしたところでエルが目覚める。

「あれ、あたし寝ちゃったんだ」

「よく寝てたよ」

アイリが言うと、

「まいったなー。寝顔見せる気はなかったのになー」

と言いつつエルはケラケラ笑っている。

「魔女ちゃん？　誰かいるのかい？」

ドアの向こうからターニャが当然の疑問を放つ。

「あっ……」

アイリがしまったという顔でエルを見る。

「どしたの？」

当の妖精はきょとんとした。

「隠れないの？」

と彼女は問う。

妖精は気に入った相手以外に姿を見せないことが多いからだ。

「いいわよ。何となくここ気に入ってるから」

とエルはにこりと答える。

「そうなんだ」

でなきゃいっしょに寝ないか、と彼女は納得した。

「体、起こしていい？」

「うん」

エルがふわっと浮いたことで、ようやくアイリはターニャに顔を見せた。

「さっきから話し声が」

ターニャはあいさつを飛ばして疑問をぶつけかけ、

「あっ⁉」

すぐにエルの存在に気づく。

ターニャは口をパクパクさせる。

「妖精のエインセルです」

ほかに言いようがなく、アイリは紹介した。

「やっほー」

エルは能天気に手を振る。

「よ、妖精様⁉」

ターニャは驚きのあまり声が裏返った。

昨日といい、今日といい、明らかにただごとじゃない反応からアイリはひとつの予想を立てる。

「もしかして、妖精を見るのは初めてですか？」

「当たり前だろ⁉」

彼女の問いにターニャは叫ぶ。

肝が太く落ち着いた女性という最初の印象が見る影もない。

「うるさいわね」

エルが耳を押さえてターニャをにらむ。

「し、失礼しました」

ターニャはビクッと体を震わせる。

「いきなり妖精を見たら、驚くのは普通じゃない？」

とアイリが彼女をかばう。

「アイリは驚かなかったじゃん？」

エルがアイリを指さす。

「わたしはほかにも会ったことあるし……」

自分は例外だろうとアイリは思う。

「えっ⁉」

彼女の発言を聞いてターニャがまた叫ぶ。

「ちょっと」

エルの再度の抗議に、

「ご、ごめんなさい」

ターニャは気の毒なまでに体を縮める。

妖精相手だと萎縮してしまうらしい。

「昨日のは夢じゃなかったんだ。現実だったんだ」

遠い目をしながらぶつぶつ言っている。

「ターニャさん、ご用は何でしょうか？」

アイリは助け舟を出すつもりで問う。

「あ、ああ。朝ごはんはどうするのかなって」

ターニャはようやく平常心を取り戻す。

「ありがたいです」

アイリとしてはうれしい提案だったが、

「エルはどうするの？」

知り合った妖精が気がかりだ。

「やることないし、ついていっていい？」

エルに聞かれて困った彼女は、

「どうします？」

ターニャに投げる。

「ひえ、そんな、恐れ多い」

ターニャはおびえた顔でしり込みをする。

これはまずい。

「ごめん、待っててちょうだい」

とアイリはあわてて頼む。

「まあいいけど」

あっさり了承された。

信じられないものを見る目で、ターニャが彼女を見る。

ほとんどにらみつける勢いだ。

「どうかしました？」

理由がわからず、アイリは困惑する。

「い、いや……」

ターニャは明言を避け、逃げるように去った。

「あ……」

アイリは目でエルに再度頼み、彼女のあとを追う。

ターニャは自宅の前で息を切らせていた。

「何かすみません。驚かせて」

ひとまずアイリが謝ると、

「いいんだよ」

ターニャはふり向く。

「妖精様って人間がどうこうできる存在じゃないからね」

ぎこちない笑みを浮かべて、

「だからあんたが普通に接してるのが信じられなくてね」

と言う。

畏怖の感情がその瞳に宿っている。

「えっと……」

アイリは言葉が見つからず目が泳ぐ。

「いいよいいよ」

ターニャの顔にようやく明るさが戻る。

「魔女ちゃんってすごい存在だったんだね」

と言われて、アイリは返事に困った。

どこが？

とはさすがに言えない。

彼女だってまったく空気を読めないわけじゃない。

それだけに、

「魔女ちゃんってすごい子だったよ」

とターニャがガズに語り続けるのはいたたまれなかった。

ガズはむっつりとしたままなのは救いだが、その分ターニャの熱量が上がっていく。

親子で言われるよりはマシ。

アイリは恥ずかしさにもだえつつ、自分に言い聞かせる。

「あ、あにょっ」

何とか空気を換えたかったのに、彼女は舌を噛《か》む。

わりとあることだが、顔が熱くなる。

「今日、わたしはどうしたらいいですか？」

何か仕事をしたい。

村で居場所を作るためにも、この空気から逃げるためにも。

アイリの思いは切実だ。

「ええっとね……」

ところがターニャは即答しない。

「やってほしいことならあったけど」

過去形を使われたことにアイリは気づく。

「それはいったい？」

すがるように聞くと、

「それよりも妖精様のほうが大事だろ」

とターニャに言われてしまう。

「たしかに」

ガズが娘を支持する。

「妖精様を怒らせるとおそろしい。違うのか？」

彼に問われて、

「間違ってはないです」

とアイリは答えた。

エルが「大地の娘」なら、怒ったらすくなくとも凶作は覚悟しなければならない。

それもこの村がじゃなくて、この国が。

「なら、妖精様を何とかしてくれ。ただでさえ、いま困ってるんだ」

とガズは言う。

「困りごとですか？」

アイリが聞き返す。

「ああ」

ガズはうなずいて、

「お前が詳しいなら頼りたいほどだ」

とまで言う。

「よっぽどなんですね」

昨日来たばかりのよそ者に相談を持ちかけるなんて、明らかにただごとじゃない。

アイリは不安でいっぱいになる。

「申し訳ないですが、自信はありません」

と正直に答えた。

「ならかまわん」

ガズは淡々としている。

もともと期待してなかったらしい。

リエルやサーラがこの場にいれば、とアイリは思い罪悪感を抱く。

「気にすることじゃないさ」

とターニャが励ましてくれる。

「魔法で解決できるなんて保証もないんだからね」

「はあ……」

アイリはあいまいにうなずく。

具体的なことは結局言われず、彼女はエルと合流する。

「ちゃんと待ってたよ？」

エルは得意そうに胸を張る。

「えらいえらい」

と彼女が言うと満面の笑みになった。

まるで幼児を相手にしているようである。

「これからどうしたい？」

とアイリは聞く。

親子に言われた通り、エルのお相手をするつもりだ。

「んー、お外を見て回りたいなあ」

妖精は無邪気に希望を告げる。

「お外かあ」

ターニャの様子を思い出すと、ほかの村人の反応が怖い。

ターニャを見たあとだと余計に。

だが、エルの希望をかなえないのもまずい。

「じゃあ行ってみる？」

一瞬だけ考え、アイリは応じる。

ターニャたちが話せば結局大して変わらない。

「うん！」

エルは輝く笑みを浮かべる。

よっぽど退屈していたらしい。

ふたりが外に出ると、昨日の子どもたちと遭遇する。

「あー、おねえちゃんだ！」

女の子がうれしそうにアイリを指さす。

「みつけた！」

男の子も声をあげる。

「わたしを探していたの？」

アイリは首をかしげた。

朝からということは、もしかして気に入られたのだろうか。

「うん、そんちょーさんに家を聞いてきたところだったんだよ」

と女の子が彼女を見上げて言う。

その背後に浮かぶエルの存在に気づいて固まる。

「な、なに、そのひと？」

混乱しているのは明らかだ。

「エルはエルだよ」

エルは少女の反応を楽しむようにニヤニヤしている。

「しゃ、しゃべった⁉」

子どもたちがいっせいに驚く。

ターニャと違い、妖精とは気づいてない。

大人と子どもの差をアイリは感じる。

「え、なになに？」

子どもたちはおびえるどころか、好奇心をむき出しにしてエルとアイリをぐるっと囲む。

「エルは妖精だよー」

エルはニコニコして浮いたまま手を振る。

「妖精⁉」

「わぁ、本物⁉」

子どもたちが驚いて固まったのは一瞬だ。

たちまち歓喜に包まれる。

ターニャさんたちは畏怖してたのに？

アイリは若干引っかかった。

だが、子どもは怖いもの知らず、で納得できる。

「ニンゲンの子どもはかわいいわね」

とエルは上機嫌だった。

村に来たのは子ども目当て？

なんてアイリが考えたくらいに。

「子どもたちと遊ぶ？」

とアイリが提案すると、

「いいわね！　何する？」

エルは乗り気になる。

「かくれんぼ！」

「鬼さがし！」

子どもたちは早口に希望を言って聞き取りづらい。

「エルがやるの？」

アイリは小声で疑問を言う。

妖精は人間よりハイスペックである。

子どもたちだってすぐに差に気づくだろう。

「ちゃんと加減するわよ」

とエルは言うが彼女は信じない。

というか妖精の感覚は人間とズレている。

「ならいいわ」

それでも指摘しなかったのは、言葉じゃ納得させられないからだ。

「まずはかくれんぼにしない？」

とアイリはケガしにくそうなものを選ぶ。

「わーい！」

提案した子どもが手を叩《たた》いてはしゃぐ。

「あたし、隠れたい！」

子どもみたいに手をあげてエルが主張する。

「あなたはわたしと一緒に鬼かな」

アイリは制止する。

妖精が本気で隠れたら魔女でも見つけにくい。

子どもでは余計見つけられるはずがなかった。

彼女がエルと組むのが無難だろう。

「えーっ、いいよ」

エルはびっくりしたわりには、即快諾する。

「おねえちゃんたちが鬼？」

と少女が聞く。

「うん、そのほうがいいと思うの」

アイリは微笑《ほほえ》む。

妖精を知らない子どもたちに説明しようとは思わない。

「わかった」

「お姉ちゃんたちで俺たちを見つけられるかなぁ？」

生意気な発言が聞こえるが、アイリは笑みを崩さない。

「ルールを決めましょう。隠れる範囲とか」

と彼女は提案する。

「そうだね」

子どもたちとわいわいルールを確認していく。

童心に返って楽しい——とはならない。

彼女といっしょに遊ぶ子どもなんて妹くらいしかいなかったので。

「じゃあ目を閉じて五十数えてね」

と言って子どもたちは散っていく。

「一、二、三……」

アイリは両手で目を隠してゆっくり数える。

エルは彼女の隣に浮かんだまま真似《まね》をしている。

「五十」

になったところで彼女たちは子どもたちを探す。

「村の中だけってルールだけど、難しいかな」

とアイリはつぶやく。

何しろ彼女は昨日来たばかり。

生まれたときから暮らす子どものほうが土地勘はある。

「どこから探してみる？」

エルは何も考えずワクワクしている。

「そうね」

アイリはつられて笑みをこぼす。

せっかくの遊びなのだ。

まずは楽しんでみよう。

「……子どもってすごいね」

開始五分程度でアイリは泣きそうになった。

まだひとりも見つからないのである。

五十程度で何ができる？

なんて思っていたさっきの自分に苦笑するしかない。

子どもの敏捷《びんしょう》さをあなどりすぎた。

「あたし、手伝おうか？」

とエルが提案する。

いままでアイリのあとをついてきただけだ。

退屈させていたかと思ったので、

「うん。魔法とかはなしでね」

と条件付きで依頼をする。

「うん、目で探すんだよね」

エルは返事した。

彼女が妖精の力を使えば遊びにならない。

伝わっているようでアイリは安心したが、

「じゃあ上から探そっと」

「へっ？」

最初からエルは彼女の予想を超えた。

飛べるという特性を活かして、上空から村を見下ろす。

「おっ？　あそことあそことあそこにいるね」

そしてたちまち三人を見つけてしまう。

エルが指摘したのは立派な木の上の葉の陰。

次に近くの家の裏に立てかけてある薪《まき》の裏。

続いて家の屋根の上に寝そべる生意気な男の子。

「そんなのアリ⁉」

子どもたちは不満たらたらでアイリたちのそばに来る。

負けを認めたのではなくて、抗議しに来たらしい。

「どうしよう……」

アイリは悩む。

飛ぶのは禁止というルールはたしかに設定しなかった。

反面、子どもたちが不満を持つのも理解はできる。

エルは気にせず残りの子どもたちも見つけてしまうが、

「飛ぶのってありなの⁉」

「魔法が禁止なら、飛ぶのもなしなんじゃ？」

子どもたちは誰も納得していなかった。

「そりゃそうよね」

アイリだって同じ立場だったら釈然としない。

「えー、ルールは守ったよ?」

エルはにこりと笑う。

わかっててやったな。

なんて考えがアイリの頭に浮かぶ。

そこに村長を含めて六人の大人たちがやってくる。

昨日と違い、腰が引けた印象なのはエルがいるからだろう。

「おお、本当に妖精様じゃ」

「初めて見た。ありがたや」

「ええ……」

涙を流す者と手を合わせて拝む者に分かれる。

さっきまで楽しそうだったエルは、一転していやそうな顔になった。

「エル?」

とアイリが声をかけると、彼女の背中に隠れた。

「ああいうの苦手なのよね」

気持ちはとてもよくわかる。

自分だって誰かの陰に隠れてしまいたい。

アイリはぎりぎりのところで言葉を飲み込む。

「あのう」

仕方なく先頭にいる村長に話しかける。

「おお、魔女ちゃん」

名乗ったはずなのに覚えてもらえてない。

ちょっと悲しくなりながら、アイリはエルの気持ちを伝える。

「苦手みたいなので、ひかえていただけないかなと」

「す、すまない。初めてお会いできたのでつい」

村人たちは我に返って反省する。

理性的な判断力が残っていて何よりだ。

「珍しいですよね」

とアイリは理解を示す。

故郷でも彼女が妖精と出会ったとき、初めて見たと驚く大人があとを絶たなかった。

「うむ……」

村人たちはソワソワしている。

エルに姿を見せてほしいらしい。

アイリは察したが、彼女に頼まなかった。

珍獣あつかいをいやがる妖精は多いし、彼女も似たような経験をしている。

「そっと遠くから見守るってできませんか？」

アイリは妥協案を言ったつもりだ。

妖精を見るなと村人に言うのは酷だろう。

「そうだな……」

大人たちは仕方なくアイリたちから距離をとる。

「平気？」

「うん。ありがと」

エルはようやく機嫌を直し、

「アクシデントだったね」

と笑みをこぼす。

「大丈夫そうね」

アイリが答えたとき、

「お前たち、妖精様と知り合えたありがたみをわかってるか？」

子どもたちが大人たちに言われていた。

「うへえ」

「わぁあ……」

エルとアイリの声が重なる。

「せっかく楽しかったのに」

エルのつぶやきに不満がたっぷりだ。

友達感覚で接してもらえてうれしかったらしい。

「何とかしてくれない？」

とエルが頼む。

「えっ、わたし？」

アイリは彼女と目を合わせ、自分を指さす。

「適任でしょ？」

エルは何を言ってるのかという顔だ。

「む、む、無理」

アイリはぶんぶんと首を横に振る。

村には来たばかりだし、人前に立つのが得意な性格でもない。

妹なら得意だろうけど、彼女は違う。

そもそも妖精という存在を知っている程度なのに、大丈夫だろうか。

「あたしが言ったら、どんな反応されるかわかんないし」

というエルの言葉はおそらく正しいとアイリも思う。

大人たちが過剰反応を示すのは、彼女でも想像できる。

「でしょ。ほかにできる人いないじゃない」

「ううう」

エルの言うことは正しいとアイリはうなだれる。

「たしかに妖精ってどういう存在か、教えておいたほうがいいかも……」

とアイリは考えはじめた。

妖精がほかの妖精を引き寄せることもあるらしい。

エルだけであの態度なのに、増えたりしたらどうなるか。

そもそもエルの機嫌を損ねるのもあまりよくないんじゃないか。

「わたしがズレてたらエルが止めてね？」

とアイリは条件を出す。

「そりゃそうよね」

エルは自分しかできないと引き受ける。

やだなぁ……。

アイリは逃げ出したい気持ちだったけど、逃げるわけにはいかない。

どんよりとしたまま覚悟を決めた。

閑話　魔法学園のリエル

Quiet talk

学年合同授業での魔法実習。

クラス別で魔法を使うのだが、上級生たちも見守っている。

今後合同実習で学年を超えた編成に備えて。

「今日はスターシューティングをおこなう！」

中年の男性教官がいかつい顔にふさわしい声で宣言する。

スターシューティングとは宙に多数飛ぶ星を狙い、魔法を撃ち出す訓練だ。

射出される星をどれだけ壊せたかを競う。

星は青、赤、黒、白と四つの色に分けられていて、壊した際の評価ポイントが異なる。

青が一〇〇、赤が三〇〇、黒が五〇〇、白が八〇〇で、もちろんポイントが高い星ほど壊しづらい。

「説明は以上だ。指示された順番にやっていけ！」

最初の男子生徒が五〇〇〇ポイントを獲得する。

「ほう、優秀だな」

見ていた教師が感心した。

魔法の演算能力、発動速度、出力の安定性、命中精度を主に測定する。

一流魔法使いからすれば物足りないが、新入生としては上出来だ。

「平均が四五〇〇くらいか」

「今年はなかなか優秀な生徒がいるな」

と最上級生が語る。

「現トップは生徒会長で、一六〇〇〇ポイントだ」

と教師が一年生たちに告げた。

「一六〇〇〇⁉」

「何それ？」

一年生たちから驚愕《きょうがく》と悲鳴が起こる。

自分たちや仲間がやっているのを見たからこそ、生徒会長の数字が別格だと理解できた。

「歴代最高は……言わなくてもいいか」

どうせ破れないだろうと判断した男性教師は、

「最後にリエルだったな。お前の番だ」

と指示を出す。

「はい」

リエルが前に出ると、上級生たちに困惑が浮かぶ。

「リエルって飛び級の子か？」

「サーラ様の推薦って言う」

彼らは情報を持っている。

「見た目は案外普通だな」

という評価をリエルは意に介さない。

「はじめ！」

多数の星が宙を舞う。

「光の刃《やいば》よ！」

リエルが一節呪文を唱え、きらめく無数の刃が乱舞する。

唖然《あぜん》とする生徒たちをよそに、刃は星に殺到した。

射出されたすべての星に正確に命中し、壊れていく。

「よ、四四〇〇〇……ウソでしょ⁉」

計測していた女性教師から悲鳴まじりの結果が伝わる。

「はぁ⁉」

「四四〇〇〇⁉」

生徒たちの誰もが信じられないという叫びをあげた。

「それって歴代記録の更新では？」

最初に立ち直った老教師が同僚に聞く。

「は、はい。過去最高は二七〇〇〇ですから」

と答える教師の声が震える。

「サーラ様が数百年にひとりの逸材だとおっしゃった意味が分かった……」

教師たちは衝撃から何とか立ち直っていた。

「とんでもない子が来たな。俺たちに教えられるんだろうか？」

という疑問は誰も答えない。

彼らの視線の先では、リエルが一年生たちに囲まれている。

「すごいわね！」

「信じられない！」

「君こそ本物の天才だ！」

彼らにやっかみがあったとしてもごくわずかだ。

それより歴史に名を残しそうな逸材が同じ学年にいる、喜びと興奮のほうがはるかに上回っている。

「え、違いますよ」

ところがリエルは真顔で賞賛を否定した。

「お姉ちゃんはわたしよりずっとすごいので。天才なのはお姉ちゃんです」

と告げる。

「いやいやいや」

「さすがにそれは……」

誰も彼女の言葉を信じない。

リエルはこの反応に慣れきっているので怒らず、

「お姉ちゃんってわたしがかなわない悪魔を瞬殺したりするんですよ？　子どもの頃、実際に守ってもらいましたもん！」

と熱心に語る。

彼女にとって姉・アイリのすごさは、すぐに理解してもらえるものじゃない。

わかるまで布教し続けるものである。

「あの子のお姉さんなら、すごい人かもだけど」

「そんな人が無名なのはおかしいよな……」

離れた位置にいる上級生は、遠慮がちに否定した。

完全に否定しないのは、「リエルの姉」という点に問答無用の説得力を感じるせいだ。

「お姉ちゃんがすごいエピソード、いっぱいありますよ？」

とリエルは目を輝かせて話し出す。

無口の印象が強かっただけに、同学年たちはギャップに驚く。

「……まさかと思うけど、姉の話を広めるために、この学園に入ったとか言わないよね？」

一年女子のひとりがある予想を口にするが、いくら何でもと聞いた全員に無視された。

もしリエルが聞いていれば「ほぼ正解」と言っただろう。

第五話 妖精とは

Chapter 05

「な、何か人が増えてる……？」

アイリはへたれていた。

村長をふくめて数人のはずが、いつの間にか四十人を超えている。

こんな人数の前に出て話したことなんてない。

どうしよう……。

「妖精様を見るなんて珍しいし、妖精様の話を聞けるなんて、もしかしたら今後二度とないかもしれないからね」

どんよりとしている彼女に照れくさそうに話しかけてきたのは、ターニャの家の隣に住む男性だ。

みんな同じ意見だとアイリは察する。

やるしかないの……？

助けを求めてエルを見ると、

「無理、帰る」

と言っていきなり姿を消してしまう。

「えええええ……!?」

アイリは愕然《がくぜん》とする。

妖精が気まぐれで勝手なところがあるのはいまにはじまったことじゃないが、さすがにあんまりじゃあないだろうか。

逆に村人たちは一瞬ざわついただけで、すぐに落ち着きを取り戻す。

エルがいないほうが、彼らの精神にはよいらしい。

「えーっと……簡単に言うと精霊の子どもですね、妖精は」

とアイリはなんとか気持ちを立て直そうと、説明をひねり出す。

「全然わからない」

「もうちょっとわかりやすく頼む」

村人たちには不評だった。

「うーん……」

アイリは考え込む。

魔女としてサーラから知識はある程度学んでいる。

それを知識のない人たちに教える難しさに彼女は直面した。

「そもそも精霊って何？　妖精様とどう違うの？」

ターニャが村人を代表するように問いかける。

「あ、そこから……」

アイリはハッとした。

ターニャの反応が最初悪かったのはもしかして。

「精霊っていうのは自然の化身。神様と同一と考える人も多い存在です」

と説明する。

「それなら何となくはわかる。神様だもんな」

「呼び方が違うってことか」

村人たちはうなずきあう。

神様と同じと言うとわかりやすいらしい。

「その子ども、もしくは分身と呼べるのが精霊なんです」

アイリはここぞとばかりに話す。

「子ども？」

「そうだったのか」

村人たちの表情に理解の色が浮かぶ。

「エルは大地の娘ってことは、大地の精霊が親のはずです」

とアイリは説明する。

「おお……」

村人たちが感激の声を漏らす。

「妖精様と仲良いなんてすごいね」

と女性のひとりがアイリに話しかける。

「そ、そうでしょうか？」

彼女は首をかしげた。

緊張が残ってるせいか、言葉遣いがすこし怪しい。

村人たちはやはりアイリを畏怖の念で見る。

「そう言えば」

アイリはふと思い出す。

「みなさん、こんなに集まってよかったんですか？」

貧しい村は毎日忙しい。

これだけの人数が集まるなんて珍しいはずだ。

妖精の存在がそれほど彼らにとって大きいだけでは、彼女はなんとなく納得できない。

「ああ、いまは仕方ないんだ」

と村長が苦い顔で答える。

「トラブルですか」

アイリは昨日の様子を思い出す。

村の大人の男性がいっせいに戻ってくるなんてあり得るだろうか。

ないと断言する根拠はなかったので、昨日はスルーしたのだが……。

「うむ」

村長は肯定したあと黙ってしまう。

村人たちはみんな暗い顔で沈黙する。

どうしよう、とアイリは思う。

あたたかく受け入れてくれた人たちに何か恩返しをしたい。

だが、はたして自分は役に立つのか。

「リエルがいてくれたら……」

誰もが天才と認める妹がいれば、どれだけ心強いだろう。

きっと多くの人を笑顔にできるはずだ。

アイリは自分が情けなくなってうつむいてしまう。

「……力になりたいけど、わたしなんかじゃ」

きっと何もできない。

泣き言を聞かれたくないと思い、なんとか言葉を飲み込む。

「あなたがその気なら、あたしも手を貸してあげよっか？」

とエルが突然出現して声をかけてくる。

「うぴゃあああ！」

背後からの不意打ちにアイリは奇声をあげて飛び上がった。

妖精たちはとても気まぐれで神出鬼没。

わかっていても心臓に悪すぎる。

「よ、妖精様だ！」

村人たちがざわめく。

「か、帰ったんじゃないの？」

まだドキドキしている心臓を押さえながらアイリは、なんとか質問をする。

「んー、説明が終わったらいいかなって戻ってきた」

エルは悪びれない、素敵な笑顔で答える。

「そ、そう……」

アイリは脱力したくなるのをこらえた。

相手は妖精なので、まじめに考えすぎるとふり回されて心がもたない。

「……エルが協力してくれるなら何とかなるかもしれないよね？」

なんとか気持ちを落ち着かせて、村人に聞こえない声量で言う。

エルはあくまでも大地の娘で、苦手なことだってあるはず。

妖精は人間よりも強大な存在だけど、けっして万能じゃない。

「ふふ。ドラゴンに乗った気持ちでいなさいって、ニンゲンは言うんだっけ？」

「う、うん。詳しいね？」

「安心しろ」という意味の言葉をエルが用いたことに、アイリはびっくりする。

「ふふん、ちょっとね」

エルは意味ありげに微笑《ほほえ》む。

「あの、わたしたちでよければ、話を聞くのはできます」

アイリはおそるおそる村長に提案する。

よそ者の手なんて借りないって怒られないかと内心ビクビクして。

「ありがたい」

と村長は手を叩《たた》き、

「魔女ちゃんなら何かわかるかもな」

男たちはうなずきあう。

いつのまにか魔女ちゃんで定着している。

アイリは反応に困る。

悪気ない愛称らしいので、いやだと言う勇気がない。

「えっと、じゃあ、村長さん」

と彼女がお願いすると、

「うむ。実はここ一カ月ほど、畑の様子がおかしいのだ」

村長はけわしい顔で事情を話す。

「作物が見たことない病気になった。畑を変えても同じ病気になる」

「何を作っているんですか？」

とアイリが質問をはさむ。

「トカゲ芋だよ」

村長が答える。

「あれが病気、ですか？」

アイリは首をかしげた。

トカゲ芋は彼女も知っている。

寒さと干ばつと病気に強く、増産もしやすい。

苗も入手しやすく貧しい村では特に人気だ。

「聞いたことがないですけど」

「わしらも初めてだ」

と村長に言われると説得力が違う気がする。

「気候におかしいところはなく、病気の流行も聞いたことがない。わしらにはもうお手上げなんだ」

途方に暮れた顔を見てアイリの胸が痛む。

「たしかに変ですね」

と応じて気持ちを切り替えた。

彼らのほうが作物について詳しいに決まっている。

なら、彼らにはない視点から考えるほうがよい。

「実際に見てもいいですか？」

とアイリが問う。

「そのほうがいいだろう」

村長が言うと、

「じゃあ俺が案内しますよ」

ガズが手をあげる。

「ガズか」

アイリだけじゃなく、村人たちにも意外だったようだ。

「この子のことは俺とターニャが一番わかってるだろうし」

と彼が言えばみんな納得する。

「たしかに一番接した時間が長いかもです」

アイリも認めた。

「では任せた」

村長にうなずいてガズはアイリを畑へ先導する。

近くから人がいなくなったところで、

「悪かったな」

ガズがぽつりと言った。

「えっ？」

謝られる理由がわからずアイリは混乱する。

「お前さん、人見知りしそうだからな」

自分が一番マシだと思ったとガズは語った。

「お心遣いありがとうございます」

とアイリは答える。

彼の予想は正しい。

妖精の話をするだけでいっぱいいっぱいだったのだ。

あの時間が続くと想像しただけでもアイリには厳しい。

ガズは口下手なのか、話しかけてこないのがよかった。

「ふんふーん」

エルは浮かんだままついてきて、鼻歌をうたっている。

緊張とは縁がなさそうでアイリにはうらやましい。

ただ、ガズとふたりよりはましだと思える。

「なんて歌なの？」

ガズへの話しかけ方がわからないので、エルを選ぶ。

「てきとーな歌だよ？」

名前はないとエルは笑う。

「そうなんだ」

アイリは何だか肩の力が抜ける。

妖精らしい気楽さの影響かもしれない。

「ついたぞ」

いつのまにか目的地に来ていたようで、ガズが立ち止まる。

「ここですか」

アイリは声が出そうになるのを何とか堪《こら》えた。

土は黒色でおかしなところはなさそうだ。

問題は生えているトカゲ芋の茎葉が白くしなびているところか。

「トカゲ芋の茎と葉っぱって赤色ですよね？」

と聞く。

「そうだ」

アイリの知識は合っているとガズは認める。

それはいいがさっぱりわからない。

途方に暮れそうになる彼女をよそに、

「なるほどー」

エルは畑の上を飛び回る。

満足した彼女はアイリの肩の上に戻ってきて、

「このあたりの土の魔力の循環が変になってるね」

と指摘した。

「言われてみれば」

アイリが目をみはる。

注意深く探らないと気づかないような、ごくわずかな差だ。

「微量でも時間がたてば変になるってことかな」

と彼女が推測すると、

「そうよ」

エルは肯定する。

「このままだとモンスター化しちゃいそう」

「え、芋が？」

彼女の予想にアイリは仰天した。

トカゲ芋は生物みたいな名前だが、れっきとした野菜である。

「辺境の村が突然、異様なモンスターに襲われると聞いたことがあるが」

ガズがまさかという顔になった。

「ありえるわね」

とエルが認める。

「この付近の土、初めて見るくらいおかしな魔力になってるわよ」

エルが珍しく真顔になる。

「うぇぇぇ」

アイリの口から変な声が漏れた。

妖精が初めて見るというのはやばい。

理屈じゃなくて本能で直感する。

ガズが驚いて、彼女を見つめた。

「いまならまだ平気よ？」

エルは彼女をなだめる。

「だ、大丈夫なの？」

わたわたとアイリは聞き返す。

「ええ、任せて」

しょうがない子だなぁという表情でエルはうなずき、

「わが同胞よ、あるべき姿に戻りなさい」

と土に呼びかける。

するとゆっくりとだが、魔力が抜けていく。

トカゲ芋の茎葉の色もすこしずつ赤く元気になってきた。

「おおお！」

ガズは驚きと感動の叫びをあげる。

「し、信じられない！　こんな簡単に！」

「簡単じゃないです」

とアイリの小声の指摘はかき消されてしまう。

「ありがとう！」

ガズが勢いよくアイリに向き直る。

「全部君のおかげだ！」

「え？　えっと、エルの力ですけど」

アイリは彼の勢いにビビりながら訂正した。

何とかしたのはエルだし、妖精だからできた離れ業である。

リエルやサーラだってこんなあっさり解決は困難だろう。

「君がうちの村に来てくれてよかった！」

感動しているガズは明らかに聞いていない。

そんな彼の大声を聞きつけて、村人たちが集まってくる。

「どうした？」

「何事だ、ガズ？」

「お前が大声を出すなんて、明日は嵐か？」

ガズと年が近い男性が中心だが、中には女性もいた。

ガズは彼らにそっと畑を指さす。

つられた彼らは、彼が興奮していた理由を直視する。

「バカな⁉　死にかけてた畑が⁉」

「元通りになるなんて、どんな魔法を使ったんだ⁉」

「信じられん」

男性たちは目を剝《む》く者、何度も目をこする者。

そして身を乗り出して畑を凝視する者に分かれていた。

「ウソでしょ⁉」

「もうだめかと思ってた」

女性たちは涙ぐみ、顔を手で覆っている。

「そうなんだ！」

ガズは力強い声を発し、村人の注目を集めた。

「この子のおかげなんだよ！　この子が解決してくれたんだ！」

とガズはアイリを示す。

「えっ？　えっ？　ち、違います⁉」

本人は腰を抜かさんばかりに驚く。

村人たちは困惑する。

「……どっちなんだ？」

「この子が妖精様に頼んでくれたから、解決したんだよ」

ガズが問いかけにすぐ答えた。

「ああ、なるほど！」

村人たちの視線が一瞬エルに向き、全員が納得する。

「じゃあ魔女ちゃんのおかげだな！」

「すごい！」

「ありがとう！」

村人たちは口ぐちにアイリに礼を言う。

「えええ……」

アイリとしては予想の斜め下の展開だ。

自分の手柄じゃないと伝えても聞いてもらえない。

「魔法が苦手な魔女ちゃんって聞いてたけど、すごい子じゃないか！」

「実は大丈夫なのかなって思ってたけど、申し訳なかったね！」

村人たちは自分たちの偏見を詫《わ》びてくる。

正直、アイリにとってそこはどうでもいい。

自分が不安視される人物だと自覚しているからだ。

「えっとそうじゃなくて……」

エルの力が大きいのに、どうして聞いてもらえないのか。

彼女が気にするのはそっちである。

「これで村は持ち直すかもしれないぞ！」

「全部魔女ちゃんのおかげだな！」

「みんなにも知らせないと！」

誰かの叫びに他の者がハッとした。

「おっと、うっかりしていた！」

「手分けして知らせよう！」

誰もアイリの言葉を聞いていなかった。

感謝されているのに会話が成立しない。

「あうう。そんなのって、あり？」

アイリはひとり残され、泣きたくなってくる。

「まあまあ」

そんな彼女の肩をエルが優しく叩《たた》く。

「あなたの頼みじゃなかったらやらなかったという意味で、あの人たちは間違ってないわよ？」

と笑顔で言う。

「何のなぐさめにもなってない」

アイリはがっくりと肩を落とす。

「すごいのはエルなのに」

彼女はぽつりと言う。

「……そこがあなたの美点よね」

エルの返事には含みがある。

「？？？」

察したものの、アイリは理解できなかった。

「わかんないならこのままね」

とエルはニヤッとする。

「え……助けて」

アイリは悲鳴をあげたくなった。

「無理じゃない？　村をあっさり助けたんだもの」

と妖精は言う。

からかわれていることは理解できる。

けど、どう返せばいいのかわからない。

「でも、村が助かったならよかったわ」

アイリは無理にいいことを考える。

村人たちの表情が明るくなったのは素敵だ。

「そうね。お礼がすごそう」

とエルがにやにやと現実を提示してくる。

「あう、やめて。い、胃が」

アイリは本当に胃の部分を押さえた。

彼女は褒められてないし、感謝されるのにも慣れていない。

「……いまから慣れたほうがいいんじゃない？」

というエルの言葉は真摯な響きがあったが、

「苦手だなぁ」

アイリは本気で受け止めなかった。

第六話 そして花は咲く

Chapter 06

「じゃあ魔女ちゃん様に感謝の気持ちを込めて、乾杯」

と村長が音頭をとる。

「乾杯」

みんながいっせいにグラスを掲げた。

と言っても貧しい村なので水である。

食べ物だって日常と同じだ。

宴《うたげ》でも何も変わらないのが村の現実である。

「魔女ちゃん様ってすごい人だったんだな」

「さすが魔女ちゃん様って言っていいのかな？」

村人たちはわいわい盛り上がっていた。

「な、なんか変なのがついたんですけど……」

アイリは隅のほうで隠れるように参加している。

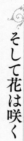

本当は出たくなんかない。

だが根が真面目な彼女にとって、出ないという選択肢はなかった。

「魔女ちゃん」に敬称がついたら珍妙になる。

「あれ、魔女ちゃん様はどこ？」

とひとりの若い女性が聞く。

「恥ずかしがり屋だからね。隅っこにいるんだろう」

とターニャが理解者だとわかる答えを返す。

「それ、わかるなら、呼び方……」

アイリのつぶやきは闇に消える。

村人たちにわかってほしいのだが、難しそうだ。

「みーっけ」

と言われてビクッと震える。

けど、声色がエルだと気づいてちょっと安心した。

「主賓なのにいいの？」

とエルは聞いてくる。

焚火《たきび》が照らす顔を見なくても、ニヤニヤしているのは分かった。

「いいの」

アイリは暗がりや隅っこのほうが落ち着く。

もはや性分になっている。

「それにこっちのほうがよく見えるのよ」

と彼女はつぶやく。

苦悩から解放された村人たちの喜び。

楽しそうな声と表情。

全体的に見渡せる特等席だと彼女は思う。

「たしかにね」

エルも認める。

「役に立ててよかった。エルのおかげだけど」

とアイリが言う。

「ふふん」

エルは笑うと、

「じゃあちょっとサービス」

闇の虚空に向けて彼女は投げキッスをする。

「……いまのは祝福？」

アイリは何となく察した。

「まあね。ちょっとはいいことあるんじゃない？」

エルは何でもない口調で答える。

「ちょっとですむのかな？」

アイリは不安を抱く。

彼女の見立てではエルは力のある妖精だ。

その祝福となると、村の手には負えないかも。

「……さすがにないかな」

浮かんだ仮説を彼女は自分で否定する。

エルからは邪悪さは感じない。

ただ、人をからかうのが好きなだけ。

きっと村人が喜んで終わるだろう。

「そろそろ寝よっと」

アイリは立ち上がる。

彼女は夜に強くない。

「じゃああたしも」

エルも彼女についてくる。

「おや、魔女ちゃん様。もう寝るのかい？」

ターニャとよくいっしょにいるおばさんに話しかけられる。

「すみません、眠くて」

アイリが力なく笑うと、

「まだ子どもだもんね。おやすみ」

引き止められなくてホッとした。

ただ、子どもあつかいされたのは若干悔しい。


「魔女ちゃん！　様！　起きてる!?」

翌朝、早々にターニャの声でアイリは起こされた。

何やら切羽詰まった響きに、彼女の心が引き締まる。

「どうかしましたか？」

アイリが顔を出すと、

「早朝からごめん」

ターニャはまず勢いよく謝った。

「いえ、平気です」

とアイリは微笑《ほほえ》む。

もともと早寝早起きするタイプなので影響はすくない。

「ありがとう。さっそくで悪いんだけど、来てもらっていい？」

とターニャは頼む。

「はい？」

事情を説明されると思っていたアイリは首をかしげる。

「見てもらったほうが早いと思うんだ」

とターニャに言われて、

「承知しました」

アイリはハテナを浮かべつつ、彼女に従う。

歩き出すとエルが当然という顔で、アイリの肩に乗る。

「おはよう」

「おはよー」

アイリと違いエルは眠そうじゃない。

妖精はもともと寝なくても平気だからだろう。

「あ、魔女ちゃん様！　ターニャが呼んでくれたのか？」

道中、何人もの男性たちに遭遇する。

「おかしいわね」

アイリは疑問を抱く。

いくら村の朝が早いからと言って、こんなに人数がいるだろうか。

また何かあったみたい。

ターニャのことと併せればそう考えざるを得なかった。

「ここだよ！」

ターニャに連れて来られたのは村の入り口、お粗末な柵がある付近である。

「見ておくれ」

と指さされた場所には、アイリが来たときには影も形もなかったはずのピンク色の花がいくつも咲いていた。

「この花は何だろう？　見たことがないんだけど」

とターニャが心配そうに聞く。

「ああ、これなら心配ないですよ」

アイリはホッとしながら答える。

「え、そうなのかい？」

目を丸くしたターニャにうなずいて見せた。

「これはフェアリーアークっていう花です。幸運を呼ぶ力があるって、言われているんですよ」

とアイリは話す。

見た目はピンクの薔薇《ばら》だが、別の種である。

「本当は別の名前があるらしいんですけど、妖精たちが好むって意味の呼び方のほうが有名になっちゃったんです」

妖精の存在は人々にとってそれだけ大きい。

「へえー、そうなんだね」

彼女の説明にターニャは感心し、エルを見た。

「これも妖精様の力かな？」

アイリに聞いたのはやはり遠慮のせいだろう。

「たぶんそうです」

アイリは即答する。

間違いなく昨晩のエルの投げキッスが原因だ。

朝になってすぐ結果が出るあたり、さすが大地の娘と言うべきだろう。

エル自身は素知らぬ顔を決め込んでいるが。

「ならみんなに知らせないとね。不安がってるから」

とターニャは腕まくりをする。

「ですよね」

いきなり見たことがない花が咲いていれば、仰天するのが普通だ。

アイリだって知っている花だったから冷静に説明できただけ。

「人騒がせですよね」

と彼女がエルを見ると、

「とんでもない！　こっちが勝手に騒いだだけさ！」

ターニャはあわてて否定する。

素朴な村人にとって、妖精を責めるのは論外だった。

「フェアリーアークならトカゲ芋との相性も悪くないですし、心配することはないと思いますよ」

アイリは切り替えて微笑む。

「ならよかった。ありがとう、魔女ちゃん様」

ターニャにも明るい笑顔が戻る。

「あの、その呼び方……」

アイリは遠慮がちに指摘する。

「さあ、よかったら今日もうちに食べに来ておくれ！　歓迎するよ！」

声が小さかったのでターニャには聞こえなかった。

腕まくりをして彼女は元気よく歩き出す。

「とほほ……」

またしても失敗し、アイリはしょんぼり彼女の家にお邪魔した。

「ターニャさんのご飯はおいしいですね」

アイリは勇気を出して言ってみた。

「褒めてもおかわりさえ出せないよ？」

ターニャはまんざらでもなさそうに答える。

「いえ……」

そうじゃない。

アイリは思っただけだった。

「妖精様は何もいらないんですか？」

ターニャの関心はすぐエルに移る。

彼女はアイリにくっついているものの、食事は摂《と》らない。

「あたしはいらないよ？」

とエルは断る。

「妖精は魔力があれば平気ですからね」

アイリがかわりに補足した。

「食べようと思えば食べられるはずですけど、性格しだいです」

「へー、さすが魔女ちゃん様は詳しいね」

彼女の解説にターニャは感心する。

「はあ……」

アイリはもごもごさせたが、結局言い出せなかった。

「あたしは興味ないんだよねー。ながめるのは好きだけどさ」

とエルはニヤニヤしながら言う。

彼女の様子を楽しんでいるように見えるのは気のせいだろうか。

気のせいだといいな、とアイリは思う。

「魔女ちゃん様のおかげで村は上向きだ」

ガズまでがうれしそうに言った。

「ほんと、幸運の女神さまだねえ」

とターニャがしみじみとつぶやく。

「ひゃ？　ち、ちが！」

アイリは真っ赤になって否定を試みる。

幸運の女神の名前は、魔女たちにとって重い。

「め、女神さま、じゃないです！」

彼女は頭の中が真っ白になり、必死に否定する。

「あ、うん」

「何かまずかったみたいだな」

それがターニャとガズに伝わり、

「魔女ちゃん様はさすがって言いなおそう」

と父娘《おやこ》で話し合う。

「……それならまだ」

アイリはホッとして言いかけ、

「あれぇ？」

首をかしげたくなる。

「魔女ちゃん様」のほうもやめてほしい。

ただ、この空気じゃ改めて言い出すのは難しそうだ。

「ど、どうして？」

アイリは半泣きになりかけ、

「ぷっ、くくく」

エルは愉快そうに体を震わせる。

「もう……」

彼女は妖精の態度に不満を抱く。

「ごめんごめん」

エルは笑みをひっこめたあと、

「でも、八つ当たりはやめてね」

と言う。

「それはそうかも」

アイリは受け入れた。

「仲良しですね」

「すごいよな」

ふたりはアイリを尊敬のまなざしで見つめる。

年が上の人たちに、そんな態度でいられるとアイリは恥ずかしい。

「ど、どうしよう？」

アイリはおろおろすると、

「役に立った結果じゃん？」

エルは淡々と事実を告げる。

「そ、それはそうなんだけど」

アイリはごにょごにょと口を動かす。

言われてみれば、役に立てないよりずっといい。

どうしようもないものを見る目よりは、いまのほうがまだマシだ。

「堂々としていればいいのに」

とエルは言う。

「む、無理」

アイリは即答する。

役に立ちたいとは思うけど、現状は何かが違う。

「ええ？」

エルは舌打ちしそうな声を出す。

「あなた、意外とめんどくさいね」

「ど、どこが？」

アイリはびっくりして彼女を見つめる。

「はぁ～、無自覚なんだ」

エルはこれ見よがしにため息をつく。

「え？　え？」

アイリは本気でわからない。

助けを求めるようにターニャを見ると、

「親友同士の掛け合いって感じだね」

娘を見守る親という顔で言われる。

「なつかしいな」

ガズも娘に同調した。

「……なんか違うと思います」

娘あつかいされるなら、うれしいのだが。

「ふふ、村暮らしなんてこんなものだよ？」

とターニャは言う。

「それはそうでしょうけど」

村での暮らしは助け合いが基本だから、距離感も近い。

アイリもそれくらいは承知している。

「すでに村の一員になったということだ」

とガスは告げた。

「はぇ？」

アイリは間が抜けた声を出す。

さすがに早すぎないだろうか。

「まだ来たばかりですけど？」

彼女が言うと、

「時間なんて二の次さ」

ふたりは笑う。

予想外すぎてアイリは固まる。

一年くらいかかると彼女は思っていたのだ。

「ウソだと思うなら、村を回ってみるといいさ」

とターニャは提案する。

「おふたりを疑うわけじゃないですけど」

アイリが前置きを入れると、

「そんな気遣いなんていらないよ」

ターニャに笑い飛ばされた。

「では行ってきます？」

アイリは言葉に甘えてみる。

外に出たとたん、

「やあ、魔女ちゃん様じゃないか！　おはよう！」

お隣のおじさんから笑顔であいさつされた。

「おはようございます」

びっくりしたアイリは反射的にあいさつを返す。

「本当にありがとうよ」

「いえ……」

おじさんの勢いに彼女は押されていく。

「困ったことがあれば言ってくれ！　じゃあな！」

と言っておじさんはすたすた立ち去る。

「明らかに昨日と違うね」

エルが楽しそうに言う。

「ううう」

アイリも同感なのでうなる。

昨日までは知り合いに対する態度だった。

いまはまるで親しい友人か家族のようである。

「あら、魔女ちゃん様」

ターニャの家の斜め前から若い女性が出てきた。

「おはようございます」

「……おはようございます」

笑顔であいさつされると返すしかない。

「みんな悩みから解放されたんです。あなたのおかげですよ」

改めてていねいにお礼を言われる。

「は、はい」

アイリは何とか相槌《あいづち》を打つ。

「何でも妖精様の加護が得られたとか？」

「えっと、たぶん？」

次の話題にアイリは自信なさげに答える。

フェアリーアークは吉兆には違いない。

ただ、妖精の加護がどの程度のものなのかは、気まぐれでいたずら好きなエルの気分次第なのである。

実情を知る彼女としては安請け合いしたくない。

「あなたたち次第だけどね」

ところが無責任なことを言い放つ存在が彼女の肩に乗っている。

「恐れ入ります」

女性はエルに対して神妙な顔つきで応じた。

いやでもアイリは親しまれているとわかる落差である。

「……輪に入れてよかったと思お」

アイリは自分に言い聞かせた。

でなきゃ胃が持つ気がしない。

胃腸を整える魔法は存在するが、彼女にあつかう器用さはなかった。

エルでは管轄外が、やれても使ってくれないだろう。

「慣れよ、慣れ。大切なのは慣れ」

三度も自分に言ったものの、先はまだ長そうだった。

第七話　新しい来訪者

Chapter 07

アイリが今日も子どもたちと遊んでいると、

「子どもたちー！　それから魔女ちゃん様ー！」

ターニャが彼女たちを呼びに来る。

「あっ！」

子どもたちは喜色を浮かべて、ターニャの下へ駆けていく。

「どうしたのかしら？」

アイリが首をかしげると、

「さあ？　行ってみたら？」

エルが興味なさそうに助言をする。

「うん」

アイリが歩いている間に、子どもたちはターニャのところを通り過ぎて、村の入り口のほうへと移動していた。

「何かありました？」

彼女が聞くと、

「旅商人が来たんだよ。魔女ちゃん様は初めてだろう？」

ターニャが答えを返す。

「ああ、そうですね」

アイリは納得する。

村にとって旅商人の来訪は数少ない楽しみだ。

子どもたちの態度も当然である。

「わたし、お金持ってないから……」

とアイリが言うと、

「すこしくらいならあたしらが出すさ！　魔女ちゃん様は恩人だからね！」

ターニャが肩を強く叩《たた》く。

「い、痛いです」

アイリはうれしさと痛みの両方で泣きたくなる。

「さあ、行こう！」

ターニャにうながされて彼女は旅商人の下に向かう。

村の入り口には人だかりができていて、

「わぁ……」

アイリは立ちすくむ。

彼女の性格上割って入るのはもちろん、並ぶのもつらい。

「あ、魔女ちゃん様だ！」

ところが彼女に気づいた村人たちがいっせいに譲ってくれた。

「え、あ？　れ？」

何が起こったのか、アイリにはわからない。

脳が受け入れたくなかったと言うべきか。

「ほら、行きなよ」

ターニャにせかされたので、おっかなびっくり進む。

旅商人は四十代くらいの男性と二十代くらいの青年のふたり組だった。

馬車を離れた位置に止めて、敷物の上に商品を並べている。

顔立ちが似ているので、親子か親族だろう。

「おや、新顔さんだね」

と年上が言うと、

「うわさの魔女ちゃん様かな？」

若いほうがからかう。

「は、はあ……」

否定するのはまずい気がしたので、アイリは肯定する。

「すごいね！　フェアリーアークなんて初めて見たよ！」

「幻の花をまさかここで見るとは」

ふたり揃《そろ》って驚きを口にする。

「たしかに珍しいですよね」

とアイリは応じた。

妖精が土地を気に入るという条件を満たさないといけない。

接点がない人たちには珍しく感じるだろうなと彼女は思う。

「？？？」

アイリは周囲から奇妙なものを見る目を向けられていると察した。

「どうかしました？」

と聞くと、

「いや、何でもないよ」

「魔女は感覚がズレててもおかしくないさ」

旅商人も村人たちも示し合わせたように愛想笑いを作る。

「ええ、そうですね」

アイリは同意する。

自分は常識人のはずだけど、と思っても自重した。

「えっと、商品を見てもいいですか？」

彼女が頼むとふたりはうなずく。

「もちろんさ！」

「満足してもらえるかわからないが見てくれ」

ふたりが並べたのは塩、砂糖、菓子、パン、干し肉といった保存が効くものだ。

「わぁ、なつかしい。ウーブリヌスですね」

と言ってアイリは菓子を手に取る。

ウーブリヌスとは昔からある品で、日持ちするように薬草と小麦粉を混ぜて焼いたもの。

「お、魔女ちゃん様は知っているのかい？」

意外そうに若者に言われたので、

「わたしも田舎の出身なので」

と微笑《ほほえ》む。

田舎の村ではこのウーブリヌス以外の菓子を見ることはレアだ。

パン職人などがいるところなら別かもしれないが。

「へー、そうなんだったんだね」

旅商人たちは興味深そうな顔になるも、立ち入ったことは聞いてこない。

「あの、お代はいくらでしょう?」

アイリはつい聞いてしまう。

村人たちに出してもらうと言っても知らぬ顔する気にはなれない。

「ああ、その件ですが、フェアリーアークを買い取るので」

と旅商人が言う。

「えっ!?」

アイリはぎょっとする。

「……まずいですか?」

彼女の反応を見て一同の顔色が変わった。

「うかつにあつかうと怖いですよ?」

知らないなら教えておかないとやばい。

「ああ、ぶち殺したくなるわね」

不機嫌そうだったエルが初めて口を開く。

「よ、妖精様……」

過激な言葉に旅商人たちの顔色から血の気が引く。

「え、エル」

アイリがなだめようとしたが、

「友情はお金にかえられない。ニンゲンの言葉にあった気がするんだけどなあ」

返ってきたのは激しい嵐を思わせる、怒りをはらんだ声。

村の周囲の空気が急激に冷え込む。

晴れているのに、ビリビリと稲妻が走っているような錯覚を、近隣の人間たちは体験する。

村人たちはおそろしい空気に当てられ、泡を吹いて気絶していく。

「し、鎮まりたまえ」

「お許しください」

祈る声はすぐに消えてしまった。

旅商人たちがガクガク震えながら、かろうじて意識をたもってるのはあっぱれと言えるかもしれない。

「え、エル。落ち着いて」

「……」

アイリが声をかけると無言でエルに見つめられる。

ただそれだけなのに、大男に頭を力いっぱい殴られたような衝撃が彼女の全身を走った。

「ひぇ……」

明るく無邪気な彼女もあくまでも妖精——人智《じんち》を超えた強大な存在だと思い知る。

耐性がなければアイリも気絶して失神していたに違いない。

しかし、アイリの透明だった魔力が、うっすらと虹色の光を放つ。

それを見たエルの両目が限界まで見開き、威圧感が霧散する。

「ふー。アイリに免じて、執行猶予を与えましょう」

と彼女は告げる。

アイリには不可解だったが、旅商人や村人たちにとっては好ましい変化だ。

「ど、どうすれば？」

アイリが問う。

「すぐには思いつかないけど……逃げようとしても無駄よ？」

「に、逃げたりしません」

旅商人たちは震えながら答える。

彼らは無知なだけで、悪党ではないとアイリは思い、次の問題に気づく。

「菓子のお代はどうすればいいですか？」

フェアリーアークを売るお金を当て込んでいたのなら、いろいろと支障が出てしまうのではないか。

「い、いや、いまそれどころじゃないから……」

畏怖の目を旅商人たちに向けられてしまう。

「あ、あれ……？」

アイリはなにか間違ったと気づいたが、どの辺なのかがわからない。

「己の愚かしさの代償にしては安すぎるよね？」

というエルの問いかけに、意識がある者たち全員がいっせいにうなずく。

「ウーブリヌス、食べる？」

アイリは見せながらおそるおそる問う。

旅商人たちは信じられないものを見る目でアイリを凝視する。

「いいわね。いっただきー」

エルはいきなりかじりつく。

咀嚼《そしゃく》して無表情になる。

「……あんまり味がしないわね。薬草っぽい？」

期待外れ感が声ににじんでいた。

「菓子というよりは保存食だから」

アイリは苦笑いする。

「妹とふたり、お小遣いを出し合ってこれ買ったけどね」

と過去を思い出す。

リエルはあの頃から姉大好きっ子で、彼女と同じものを欲しがった。

それはいいのだが、「二種類を買って半分こすれば？」という提案すら、なかなか聞き入れてくれなかったときは困ったものである。

「ニンゲン、こういうのが好きなの？」

エルが信じられないものを見る目で、アイリを見た。

「珍しさが勝ってるというべきかしら」

彼女は正確な表現を思いつけずに悩む。

「都会で人気のお菓子とは違うけど、これはこれでいいの」

とアイリは語る。

「ふーん」

エルはウーブリヌスから離れ、彼女の肩に乗った。

もういらないのだと解釈して、彼女は残りを味わう。

「魔女ちゃんは妹がいるんだね」

と若い商人が話しかける。

エルを気にしてか、かなり腰の引けた態度だ。

「ええ。王都に」

きっと魔法学園でも活躍しているだろうな。

羨望と姉としての誇らしさが混ざった感情でアイリは答える。

「王都なら探すのは無理だな、人口が違いすぎる」

　年長者が苦笑する。

「そうでしょうね」

　リエルならどこでも目立ちそう。

　なんて本心は隠してアイリは同意する。

「ま、よかったら今後もよろしく。俺はリック」

「そして僕が息子のミックだよ。よろしく」

　とふたりは名乗る。

　親子だったのかとアイリは納得し、

「わたしはアイリです」

　と名乗り返す。

「リックとミックね」

　エルが言うとふたりはビクッと肩を震わせる。

「じゃあ我々はこれで」

　とリックは言い、片付けと旅支度をはじめる。

「王都に行くんだ」

とミックのほうが教えてくれた。

「あ……」

アイリは声に出しかけたが抑え込む。

彼らが言ったようにリエルと会える可能性は低い。

幸い彼らには聞こえなかったようで店じまいをはじめる。

「いいの？」

聞こえてたらしいエルが耳打ちをした。

「うん」

アイリはうなずく。

リエルならそのうち名をあげて探しやすい存在になるだろう。

それまで待てばいい。

「いますぐ連絡をとりたいわけじゃないし」

と言うとこれは聞こえたようで、

「手紙とかあるなら有料であずかるけど」

とリックに言われてしまう。

「平気です」

アイリは即答する。

手紙を書くとしたら両親だろう。

でもここからだと故郷と王都は反対だ。

さすがに頼めない。

彼女が口に出したのは、

「護衛はいないんですか？」

という疑問だった。

残念ながらこの国に盗賊のたぐいは存在する。

護衛がいない商人はいい獲物じゃないだろうか。

「ああ、平気ですよ」

とリックは笑って懐から金色の笛を取り出す。

「ギャラルブルー？」

アイリは目を丸くする。

「おや、こいつを知ってるのかい。さすが魔女だね」

商人たちも村人も感心した。

「ならわかるだろう？　こいつを吹けば一日、敵意あるモノから身を隠せる。とても素晴らしいアイテムなんだ」

「は、はい」

知ってるも何も製作者はアイリの師、サーラだ。

悪用されたときに備えた対策アイテムも作ったはずだが、商人たちが身を守るために使うならよいだろう。

「大魔女サーラは知ってるかい？」

とリックに聞かれてアイリはうなずく。

弟子だと明かすか迷う。

「大魔女と呼ばれるだけあってすごいよね」

とリックは語る。

「おかげで俺たちも安全に旅ができるもんね。じゃあ」

彼らは言いたいことを言い終えると出発した。

見送ったあと、アイリはふり向いて、

「ごめんなさい」

と村人たちに謝る。

フェアリーアークに関する説明をしていなかったからだ。

「詫《わ》びはいらないですよ」

村人たちは神妙な顔つきで答える。

なにやらていねいな態度に変わっていた。

「魔女ちゃん様がもし不在だったらと思うと……」

「よくぞ鎮めてくださった」

彼らはエルを畏怖の目で見る。

両者の関係はすっかり変わってしまった。

アイリはさびしく思ったけど、どうすればいいかわからない。

「家に行ったほうがいいんじゃない？」

エルはアイリに言う。

彼女に対しては普段通りだった。

「うん」

アイリはとにかく時間を置こうと思う。

そうすれば何かいい考えがひらめくかもしれない。

「妖精様っておっかない存在なんだね」

とターニャがつぶやく。

「魔女ちゃん様と仲良くされているのは、やはり特別だったのだな」

と村長が言った。

「妖精様は気まぐれなだけで、誰とでも仲良くできるんだって、誤解しそうになっておったな」

と老人が反省する。

「荒ぶる妖精様をひと声で鎮めるなど、どんな伝承にもないはずだぞ。魔女ちゃん様はいったい何者なのかのう？」

村の最長老がふしぎがるが、誰も答えられなかった。

その日の深夜、アイリは何となく目が覚めた。

家の中にエルの姿がない。

「……あれ？」

彼女が離れているのは初めてだと怪訝《けげん》に思う。

自分だけしかいないとなると若干不安になる。

「妖精には珍しくないけど」

妖精は好奇心旺盛な個体が多い。

エルみたいに一個人から離れないほうがレアだ。

昼のこともあるので胸の中で不安が大きくなってくる。

「探しに行ってみよう」

吉事だったらいいけど、もしかしたら村人を懲らしめるために……。

アイリはきゅっと手を握りしめて、真っ暗な外を出る。
普通の魔法が苦手な彼女は、夜でもよく見えることはない。
せいぜい魔法が使えない人よりはマシ程度。
それでもおそるおそるエルの居場所を探る。
「……こっちかしら」
彼女は己の予感に従って、フェアリーアークが咲いた場所へ向かう。
予感が正しいことはやがて証明された。
片方はエルで、もう片方は見たことない存在で、何やら会話をしている。
妖精のお友達が遊びに来た？
という考えが最初に浮かぶ。
なら話しかけないほうがよい。
アイリがそっと踵《きびす》を返すと、
「あ、あの子だよ！」
エルの大きな声が耳に届いて固まる。
彼女がゆっくり顔を動かすと、エルたちがふわっと飛んできた。
話し相手は氷の刃《やいば》を思わせるきれいな顔立ちをした妖精だった。
「初めまして、ニンゲンさん」

とニコッと微笑《ほほえ》むさまは可憐《かれん》だ。

「は、初めまして」

アイリがおっかなびっくり返事をすると、

「なるほど」

彼女はじっと彼女の全身を見回す。

「エインセルが気に入ったのはあなたですか」

「え、えっと」

肯定できるほどアイリは自信がない。

エルに助けを求めて目をやる。

「ま、アイリらしいかな」

エル自身は苦笑いして、

「この子、ティターニアだよ！　あたしの友達！」

すぐに元気よく紹介する。

「ティターニアです。よろしく」

ニコリとする妖精に対し、アイリはぽかんとする。

「ティターニアって……もしかして妖精女王、ですか？」

「それはニンゲンさんが呼んでるだけですけど」

ティターニアは微笑み、否定しなかった。

妖精女王ティターニア。

いろんな国の物語に登場する存在だ。

「実在の妖精だと師匠から聞いていましたが……」

まさか会えるなんて。

アイリは感動で胸がいっぱいになる。

「ちょっと、何でこの子にはそんなていねいなの？」

納得できないとエルが横から口をはさむ。

「え、えっと……」

アイリは返事に窮する。

感覚的な問題なので言語化は難しい。

「妬《や》いちゃって。エインセルかわいいわね」

とティターニアは余裕の笑み。

「ムキーッ」

エルはアイリの顔を自分の体で隠し、ティターニアに向かって舌を出す。

「そんな妬かなくてもとらないわよ」

クスクスとティターニアは笑う。

「むー」

エルはそれでも威嚇する。

「仲良しなんですね」

とアイリは評した。

「は？　何で!?」

エルが信じられないと彼女をにらむ。

「だってあなたがそんな感情を表に出すなんて初めてだから」

きっと気の置けない仲なのね。

会話に入れないアイリはぼんやりと推測する。

「そうですね。わたし、唯一のお友達です」

とティターニアが認める。

「……こ、心が読めるの？」

アイリはぎょっとした。

「いえ、ただの当てずっぽうです」

うふふとティターニアは意味ありげに笑う。

「あ、あたしはあんたと違って友達多いもんね！」

エルは対抗心を露《あら》わにした。

「ええ、そうですね」

ティターニアはおっとりと肯定する。

ついていけない。

アイリは無意識に髪の毛をさわってため息をつく。

妖精たちの会話が途切れたと思ったら、

「あんたどうするつもりなの？」

エルが質問を放つ。

「よければしばらくここに滞在したいのですが」

と妖精女王と呼ばれる者はにこやかにアイリに言う。

「わ、わたしじゃ許可は出せないです」

答えるアイリの顔は引きつっていた。

どう考えてもただごとじゃすまない。

でも彼女に断る勇気はなかった。

「え、この村に断る権利ないでしょ」

エルは平然と言い放つ。

「そ、そうかもね……」

アイリが困っていると、彼女はポンと手を叩《たた》く。

「こいつを追い払いたいなら賛成よ」

「独占欲むき出しね」

ムキになるエルと、余裕の笑みを浮かべるティターニア。

アイリの手にはあまりそうな関係性だ。

第八話
妖精からの贈り物
Chapter 08

「ティターニア⁉」

紹介された村人たちはひとり残らず仰天した。

無理もないとアイリは思う。

この国では知らない人はいないと言えそうなくらい有名だ。

「ど、どうして、こ、この村に？」

村長はエルのとき以上に動揺している。

「まったく、ニンゲンどもめ」

とエルが悪態をつく。

それを聞いた村人がビクッとする。

本気で怒っているわけじゃないとアイリは思う。

「久しぶりに友に会いに来ました」

彼女は言ってエルに目をやった。

「イーッ」

舌を出すのがエルの返事だった。

「仲、よいのですか？」

若い女性がおそるおそる聞く。

「きらいなら、彼女は無視しますよ」

とティターニアは落ち着いた笑みで応じる。

村人たちはホッとした。

その間、エルがアイリに小声で聞く。

「そんな差があるの？」

「ティターニアって、子守歌にも出てくるし、旅をする吟遊詩人もよく歌うの」

アイリは正直に答える。

「てことはオベロンのやつも？」

「うん」

エルはいやそうな顔をした。

「妖精王夫婦ってなってるけど」

とアイリが言うと、

「は？」

エルは固まる。

「ありがたや!」

「魔女ちゃん様、ありがたや」

彼女たちが話している間にどういうやりとりがあったのか。

村人たちがこぞってアイリを拝みだす。

子どもたちまで大人の真似《まね》をしている。

「ふぇっ? ちょっ? な、何で?」

アイリは思わぬ状況にパニックだ。

「わたしが来たのはエルとあなたがいたから、ですよ?」

つまり彼女のおかげだとティターニアは微笑む。

「そ、それってエルの力じゃ?」

アイリはちらりとエルを見る。

「こういう子なんだよね」

エルはティターニアに向かって肩をすくめた。

「なるほど、苦労しそうですね」

ティターニアは愉快そうに笑い声を立てる。

何が何だかわからない。

アイリはぽかんとする。

「とりあえずわたしも滞在しますね」

とティターニアは彼女に告げた。

「え、あ、はい……？」

アイリは返事をする。

同時に何で自分に言うのだろうと思う。

「そりゃ受け入れ先なんて、アイリだけじゃん？」

とエルが現実を指摘する。

「ほかの方は難しいでしょうね」

ティターニアはきれいな笑みのままだ。

「……あ、うん、はい」

その通りなのでアイリは反論しない。

ただ、念のため確認する。

「いいんですか？　彼女がいても」

「も、もちろんです！」

村長が震えながら即答した。

「気の毒かも」

妖精が二体も現れるなんて、前代未聞だろう。

村人たちの心労をアイリが察していると、

「あら、どこが？」

とエルがニヤッとする。

「わたしたちってニンゲンさんにとっては喜ばしいのでは？」

ティターニアも彼女と同種の笑みだ。

「もしかして同類？」

アイリはいやな予感がする。

ティターニアはたおやかな乙女だと思ってたのに。

「そりゃあたしの友達だよ？」

エルが何を言ってるのという顔。

「説得力がありすぎてつらい」

アイリは肩を落とす。

エルが二倍になったと考えると、胃が大変なことになりそうだ。

「ごめんなさい。がっかりさせてしまいましたか」

ティターニアは謝るが、美しい微笑が浮かんでいる。

あ、たしかに同じ。

アイリは納得した。

「とりあえずアイリの家に行こ？」

エルが提案する。

「そうね」

アイリは同意した。

妖精たちが外にいると村人たちが落ち着かない。

彼らに日常を戻すためにそれがいいと判断する。

「ふう」

家のドアを閉めてアイリは息を吐き出す。

夢心地のような顔つきの村人たちの目を遮断できたのは、彼女にとってもありがたい。

「お疲れー」

エルの邪気のない笑みと声にアイリは脱力する。

「ほんとよ」

実感をたっぷりと込めて言葉にした。

「ニンゲンさんの反応って面白いですよね」

ティターニアはクスクス笑う。

「娯楽あつかいはやめてあげて」

アイリは人間のひとりとして抗議する。

無駄かもしれないけど。

「ほどほどにしますよ」

ティターニアは譲歩の姿勢を見せる。

「ありがとう？」

とアイリは言ってから礼が必要かと首をかしげた。

「どういたしまして」

エルが笑いながら応じる。

「エルには言ってない」

アイリはジト目になったが、彼女は意に介さない。

「あたしとティターニアは友達だもんねー」

「関係ないですよね？」

ティターニアにまで言われたが、やはりエルは気にしなかった。

「エルってこういう性格なのよね？」

とアイリが聞く。

「ええ。でも、本当にあなたがいやがることならやらないでしょう」

ティターニアは言う。

「たしかに」

アイリは思い返してすんなりと受け入れる。

エルの言動はすべて苦笑ですむ範疇《はんちゅう》だ。

「もう、からかえなくなるでしょ」

とエルがティターニアに抗議する。

「さすがに気の毒でしょう」

ティターニアがまともな答えを返す。

「よかった」

とアイリはホッとする。

ティターニアは同類のようだがだいぶ良心的だ。

エルが二倍だったら彼女の胃がもたないかもしれない。

「ところであれはどうする？」

とエルが窓を指さす。

「えっ？」

アイリが見ると、興味津々の子どもたちの顔が並んでいる。

「ようせいがほんとに増えてる」

「すごいね」

「おねえちゃんってすごい魔女さまだったんだ」

最後の言葉は失礼だとアイリは思わない。

魔女ならできることを彼女はできないのは事実だから。

昨日のことがあったのに、子どもたちはたくましいとアイリは思う。

「まあ、こうなるわよね」

エルのときのことを考えれば当然だとアイリは思う。

「あら可愛《かわい》い子たちですね」

とティターニアが目を細める。

「子どもは好き？」

アイリの問いに、

「きらいじゃないですよ」

やわらかい微笑で答えた。

「あ、好きな人の反応だ」

とアイリが反射的に言っても彼女は否定しない。

「この子はきらいなものがすくないよ。人見知りだけど」

と彼女の友達が話す。

「人見知り？」

アイリが意外に思ってティターニアを見た。

「ええ。なにぶん、有名になってしまいましたし……」

ティターニアはうつむいて髪を指でいじる。

「この子が加護を与えた人たちなら平気かもと思いまして」

「……そう」

たしかに彼女が子ども好きだという話をアイリは知らない。

ティターニアは有名だけに苦労も多いかも。

「なら、うちでのんびりして――できるかな？」

アイリは声をかけすぐに疑問が勝つ。

村人たちの反応はただごとじゃない。

妖精たちは休まるのか。

「できると思いますよ」

ティターニアはニコリと笑う。

「わたしの声を無視しない人たちのようですし」

闇がありそうな発言だ。

アイリは直感したが踏み込まない。

妖精たちの事情なんて手に負える気がしないので。

「ならいいけど」

と言ったアイリの顔は明るくない。

妖精が増えるなんて想定外もいいところだ。

これからどうしよう？

考えたところでいいアイデアなんて浮かばない。

「そんな顔をしてどうなさいました？」

とティターニアが気遣う。

「おおかた、こんなはずじゃなかった、みたいなことを考えてるんでしょ？」

エルの言葉にアイリは驚く。

目が合った妖精はにやっと笑い、

「だいぶあなたの思考はわかるようになったもんね」

得意そうに胸を張る。

「うう、わたしって単純かな？」

アイリは手放しで喜べない。

むしろずーんと落ち込む。

「うん！」

エルは最高の笑顔でとどめを刺す。

「あう」

アイリはがっくりと肩を落とした。

勝利したエルはケラケラと笑う。

「仲良しなのですね」

ティターニアがうれしそうに口元をほころばせる。

「仲良し、ですか？」

アイリは意地悪をされてる気もして、素直にうなずけない。

「ええ」

ティターニアの返事は力強い。

「愛情表現ですよ。あなたにはそう思えないかもしれませんが」

とティターニアが言うと、

「ばっ⁉　ち、ちが⁉」

エルが真っ赤になる。

否定しようとして舌が上手《うま》く動かせてない。

「あ」

アイリにもすごくわかりやすかった。

「物語に出てくる『つんでれ』ね」

普段は意地悪したり、当たりが強い。

だけど素直になれないだけで本当は、というやつだ。

リエルとふたりで読んだ物語にたまに出てきた。

「つん……？」

ティターニアには通じず、首をひねる。

「ち、違う！」

エルは知っていたらしく、ムキになって否定した。

「なぁんだ」

アイリはなんか安心した。

エルに対する理解度が上がった気がする。

「も、もう……」

エルは否定しても無駄だと悟ったか、力を抜く。

「あたしのポジションが」

何やらこだわりがあったらしくぶつぶつ言う。

「妖精たちの間でエルってどうなの？」

アイリは思ったことをたずねる。

「親しい相手にはあなた相手と同じです」

ティターニアの返事から彼女は何かを察した。

「よほど気に入られたみたいですね？」

それに気づいたティターニアはくすっと笑う。

「は、はあ……」

何だかアイリまで恥ずかしくなってしまう。

「こ、このティターニアだってけっこうからかい好きだからね？　信じちゃだめなんだからね？」

とエルは真っ赤になって言う。

両手を忙しく動かし、必死さがにじみ出ている。

「うん」

アイリはあっさりと信じた。

「だって同類なんでしょ？」

その点を疑ったことはない。

「あら、お見事」

ティターニアは目を丸くする。

「ふ、ふん」

エルは勝ったような表情を作った。

「さすがわかってるじゃん。はい」

と言って手を叩《たた》いて、金色の花を出す。

「これ、何？」

アイリはきょとんとする。

彼女だって普通に知らないものはあるのだ。

「エッセンスフラワーですよ」

とティターニアが目を丸くし、口を手で隠し教えてくれる。

「私たちの友情の証《あかし》と考えてください」

説明しながら彼女の視線はエルに向く。

エルは知らん顔をして花をアイリの前にぐいっと差し出す。

「あ、ありがとう」

友情の証と言われてアイリは耳が熱くなる。

「どういたしまして？」

エルは言いながら、手を震わす。

「受け取ってあげてください」

とティターニアに言われて、アイリはあわてて従う。

置き場に困って彼女が立ち尽くすと、

「エインセル？」

とティターニアが声をかける。

「ふ、ふん」

エルは真っ赤になったまま金色の花に息を吹く。

すると金色の光がアイリの体を包みこむ。

アイリの質素な服は金色の刺繍《ししゅう》をされた可憐《かれん》で上等な服になっていた。

「もしかしてフェアリークローク？」

彼女は知識の中からある単語を掘り起こす。

「ご存じでしたか」

とティターニアが言う。

「ええ」

妖精に気に入られた場合に与えられる贈り物のひとつ。

それがフェアリークローク。

「素敵な効果があるらしい、としか知らないけど」

とアイリは自嘲する。

サーラはもっと知ってそうだったが、そこまで教えてもらえなかった。

「目立つんじゃないかな」

彼女は不安になる。

ここは村だし自分は田舎娘にすぎない。

「あなたの意思で調整できるわよ」

エルはふんと鼻を鳴らす。

「えっ？」

アイリが驚いて意識してみると、たしかに華美さが消える。

「すごい」

上等なマジックアイテムですら、ここまで円滑じゃないと思う。

妖精の力の一端を垣間見《かいまみ》た気がする。

「すごいでしょ」

エルはようやく持ち直したのか得意そうに胸を張った。

「うん」

アイリが同意すると、彼女はうつむく。

あげた顔は再び赤くなっていて、

「あ、あなただけなんだから、大切にしてよね」

と告げる。

「もちろん」

アイリは即答した。

友達からの贈り物なのだから。

「ならよし」

エルはわざとらしい咳《せき》ばらいをする。

「わたしからも何か贈ろうかしら」

とティターニアがつぶやくと、

「こらー！」

エルがアイリの前に移動して威嚇した。

「冗談です」

ティターニアはいい笑顔で言い放つ。

「だよね」

アイリは当然だと思ったものの、

「あんたの場合は違うでしょ」

エルはジト目でティターニアを見る。

「あれ？」

アイリはきょとんとした。

「冗談に見せかけて本気ってこともあるから気をつけて」

とエルが忠告する。

「う、うん」

どうやって気をつければいいのだろう。

困惑したものの、真顔のエルに遠慮して言葉を飲み込む。

「来てよかったです」

とティターニアが言うと、

「帰れ！」

エルが威嚇する。

「あら、アイリはどう思いますか？」

ティターニアはアイリを見た。

「えっと……」

彼女は困惑する。

妖精同士の仲がよくないなんて経験がない。

「ふふ、ごめんなさい。困らせるつもりはないのよ」

ティターニアは笑って彼女を抱擁する。

香り豊かな自然のようないい匂いがした。

「エインセルも。やりすぎてごめんなさいね」

とティターニアは詫《わ》びる。

「……わかったならいいけど」

エルがしぶしぶ受け入れたのでアイリはひとまず安心した。

第九話

バーゲスト

Chapter 09

いくつもの黒煙が立ち上り、悲鳴が轟《とどろ》く。

原因は怪物だ。

全身が漆黒の霧で包まれた小さな山ほどの巨体の四足獣。

赤黒く禍々《まがまが》しい光を放つ双眸《そうぼう》は、周囲の生き物を見ていない。

勇敢な騎士たちの剣や槍《やり》。

投石機から放たれる岩石。

すべてをものともせず、その怪物はまっすぐに進んでいく。

「あ、あれが【倒せずの怪物】バーゲストか」

「何も通用しなかったな」

攻撃を仕掛けていた騎士たちが汗をぬぐい、畏怖を込めて会話する。

なすすべがなかった悔しさは彼らにない。

「まあいいさ。あのバーゲスト相手に死傷者が出なかったんだから」

それどころか達成感をともなった明るさがある。

神話の頃から存在し、誰も倒せたものが存在しない災い。

バーゲストの名はあまりにも巨大だ。

「しかし、進路方向に存在する村や町には、警告を出したほうがいいんじゃないか？」

冷静な騎士のひとりが提案する。

「とっくに知らせは届いてるさ」

「大魔女サーラ様のマジックアイテムさまさまだな」

答える同僚たちの表情から明るさが消えた。

避難が間に合えば死者は出ないだろう。

バーゲストはすくなくとも人間を優先的に攻撃する習性じゃないとされる。

それでも住み慣れた町、家が破壊される可能性は高い。

「バーゲストなんだから仕方ないだろ」

「何千年も誰も倒せてないって怪物だぞ？」

諦観に支配されているもの。

「でも、市民を守るべき俺たちが何もできないのは悔しいだろ」

「せめて進路を変えさせるくらいの力があればな」

自分たちの力不足を嘆くもの。

王国の騎士たちは二つの考えに分かれている。

「もっと強くならないとな」

ひとりの言葉には全員がうなずいた。

考えは違っても、弱くてもいいと思うものはいない。


「おはようございます」

ティターニアの優しい声でアイリは起こされた。

「おはよう」

目覚めのいい彼女はすぐに布団から出る。

そして部屋の中を見回す。

「エルなら帰りましたよ。さすがに遊びすぎましたからね」

ティターニアは言って、

「すこし引っかかっていますけど。あの子が素直に帰るなんて……」

考え込むそぶりを見せる。

「たしかにね」

アイリは同意した。

エルと知り合ったばかりだけど、素直に誰かの言うことに従う性格だとは思いにくい。

「用心したほうがいいのかしら」

というつぶやきはアイリには聞こえなかったので、

「ティターニアはどうするの？」

と問いかける。

「わたしは平気です。彼女とは立場が違うので」

「うん」

ティターニアの笑顔でアイリは聞くのをやめる。

もともとそこまで知りたいわけじゃない。

「今日はどうしようかな」

とアイリは窓の外を見ながらつぶやく。

「いつも通りでよいのでは？」

ティターニアが怪訝《けげん》そうに言う。

「ありなんだけど」

アイリとしては悩む。

いつも通りというのは子どもたちと遊ぶこと。

子守りも大切な仕事だとはわかる。

ただ、それは魔女としてどうなのだろう。

「……あまり実感できないのよね」

自分が子どもだから？

なんてアイリは疑問を持つ。

「実感が欲しいなら、やり方を変えるのはいかがでしょう？」

とティターニアは提案する。

「変える⁇」

アイリはピンとこず首をかしげた。

「たまには村の外でもいいのでは？」

「……いいのかなぁ？」

アイリは懐疑的だ。

大人なしで外に出ている子どもはたしかにいる。

だが、できない年齢だから子守りが必要なのだ。

「あなたとわたしが同行すると言っても？」

ティターニアに言われてアイリは迷う。

自分はともかく妖精がいっしょなら心強いはずだ。

「……聞いてみようかな」

確認するだけならとアイリは腰を上げる。

「別にかまわんだろ」

彼女に聞かれた村長は承知した。

「いいんですか」

即答されてアイリは面食らう。

「妖精、ティターニア様も一緒なんだろう？」

「ええ」

村長の問いにうなずく。

ティターニアなしにやる度胸は彼女にない。

「なら大丈夫だ。遠く行きすぎないようにだけ気をつけてくれ」

「わかりました」

アイリはホッとする。

「よかったですね」

ティターニアは微笑《ほほえ》みかけた。

彼女のために役に立ったと喜んでいる。

村長の家から出たとたん、子どもたちに囲まれた。

「今日はどうするの？」

「どこに行く？」

子どもたちは口早に聞いてくる。

「ちょっと村の外に行ってみない？」

とアイリが言うと、

「わぁい！」

子どもたちは目を輝かす。

「おとながいないとダメだもんね」

「おねえちゃんがいてよかった」

なんて無邪気に喜ぶ。

彼らを見ているだけでアイリもうれしくなる。

「さ、行こう？」

夕暮れには戻るので行くなら早いほうがよい。

アイリが子どもたちに囲まれて柵まで行くと、

「おや、魔女ちゃん様外に出るのかい？」

たまたま通りがかった男性に声をかけられる。

「はい。村長さんにお許しをもらったので」

アイリはあわてず答えた。

「だろうね」

うなずく男性から信頼が感じられて彼女はうれしい。

「ただ、ここから北東には行かないほうがいいだろう」

と男性は忠告する。

「北東？　何かあるんですか？」

アイリは首をひねった。

記憶が正しければ人の手が入ってない土地が広がっているだけ。

「近くにはないが遠く離れた森林に不吉な言い伝えがあるからな」

と男性は真剣な顔で話す。

「わかりました」

古い土地の伝承はバカにできない。

ティターニアだって実在するのだ。

アイリは神妙に受け止める。

「魔女ちゃん様なら平気だろうな」

男性は笑って見送ってくれた。

信頼が重すぎる。

アイリはへこたれそうになったが耐えた。

さすがの彼女でもすこしは慣れた。

「何してあそぶの？　かけっこ？」

女の子がアイリを見上げる。

「かけっこはあとでいいんじゃない？」

アイリは苦笑した。

すくなくとも越えてはならないラインの設定が必要だ。

「じゃあたんけん！」

別の子の大声が響く。

「まあそれなら……どう思う？」

アイリは承知しかけ、ティターニアに問う。

「ある程度ならわたしが対処できますよ」

彼女の答えを聞いてアイリは決断する。

「わたしかティターニアの声が聞こえない場所には行かないで」

「はーい！」

子どもたちの返事はとてもよい。

それが安心できないとアイリはすでに思い知っているけど。

「わぁ！　見たことない草！」

と女の子が歓声をあげる。

「そうね。ブラウラ草かな」

アイリは即答した。

「え、おねえちゃんわかるの？」

子どもたちのびっくりした視線が彼女に集まる。

ティターニアも例外じゃない。

「え、うん。すこしは」

アイリははにかむ。

「じゃあこれは？」

小さな指が金色の丸い花をつけたひょろ長い草を示す。

「きっとクラゲ草ね」

アイリは即答する。

「へー、おねえちゃんすごい！」

「もの知り！」

子どもたちが指さすのは「雑草」とくくられているものばかり。

自分も「雑草」なのか、と思いながら名前を覚えたのだ。

感心してる子どもたちにはとても言えない。

「たぶんティターニアのほうが」

妖精のほうが自然に詳しいものだ。

言いかけてアイリはティターニアの異変に気づく。

顔が真っ青になっていて小刻みに体が震えている。

「どうしたの？」

「ごめんなさい」

アイリの問いにティターニアはいやいやと首を振った。

答えになってない言葉にアイリは心配になる。

「休む？」

妖精と人間の作りは違うが、すこしは効果があるはずだ。

「いえ……」

ティターニアは首をもう一度横に振り、

「それよりここから離れたほうがいいように思います」

と提案した。

その声が緊張をはらんでいたので、

「う、うん。みんな、村に戻ろう！」

アイリはすぐ決断する。

「えー……」

ただごとじゃないと伝わったのか、不満をこぼしたのはひとりだけだった。

直後、空気が真冬のように冷たくなる。

「!?」

アイリも危険を感じて息を飲む。

遠くから黒煙が複数立ち上っている。

すこしずつ彼女たちのほうへ近づいていた。

「……あなたたちだけで逃げられる？」

最年長の子どもに聞く。

「おねえちゃんは？」

何かを察したのか、泣きそうな顔で問い返される。

「あなたたちを逃がさないと」

という言葉がすんなり出てきたことにアイリは自分でも意外だった。

自分はけっして勇敢じゃない。

妹や師匠のような魔法の実力もない。

でも不安にさいなまれる子どもたちを見たら、覚悟が決まった。

「あとで迎えに行くわ。ティターニアもいるから。ね？」

アイリはなるべく優しく、冷静に言い聞かせる。

「……うん」

ティターニアの名前で子どもたちはちょっと元気になった。

駆ける音が遠ざかっていくと、アイリはぶるっと体を震わせる。

「情けないなぁ、わたし」

なけなしの勇気が売り切れたか、と自嘲する。

「そんなこと、ないです」

すこし落ち着いたティターニアが言った。

微笑もうとしているがぎこちない。

「あなたが取り乱すってやばいよね？」

妖精は普通の人間と比べて圧倒的な力を持つ。

「村、だいじょうぶかな」

アイリは不安のほうが大きくなっている。

みんなが逃げる時間を稼げるだろうか。

「わたしがいますから。時間稼ぎなら、何とか」

と話すティターニアの声は普段より弱い。

それでもアイリ同様、逃げる気はないようだ。

「何が来るんだろう」

アイリは意味がないと思うことをつぶやく。

考えることで不安と恐怖をすこしでもまぎらわせたい。

「たぶん、バーゲストです」

とティターニアが言った。

「バーゲスト？」

アイリも名前は知っている。

「魔法と妖精を食らう怪物？」

サーラがかつて自分にとって最も恐ろしい天敵だと語った。

「ええ……わたしとエインセルの魔力にひかれてるのでしょう」

とティターニアは推測する。

「だからわたしが食べられれば、村は襲われないはずです」

ティターニアの微笑がとても痛い。

アイリは不安を忘れて彼女の手をそっと握る。

「食べられるならわたしも、かな」

励ましとしては下手すぎた。

ただ、ティターニアに普段の笑みが戻る。

「ニンゲンは興味ないらしいですよ」

彼女はアイリの手を握り返す。

ふたりが話している間に黒煙を噴き上げる怪物バーゲストは、どんどん接近してくる。

「うわぁ」

アイリの声が引きつった。

スピードはたぶん馬並みだけど、迫力は大違い。

「と、止まりなさい！」

アイリは無駄だと思っても呼びかける。

攻撃する決断をするために。

ところが、バーゲストは彼女たちからすこし離れた位置で停止する。

「グルルルル」

低いうなり声をあげる。

赤黒い光は彼女たちを品定めしているようだ。

「うう……」

ひと口で丸のみされかねない威容。

アイリは気絶しないだけで精いっぱい。

「わ、わたしだけでいいでしょう」

彼女をかばうようにティターニアが前に出る。

バーゲストは興奮したのか、口を大きく開けた。

「だ、ダメ！」

アイリは残された勇気を振り絞って叫ぶ。

自分のためにティターニアが、というのは耐えられない。

ティターニアを襲おうとしていたバーゲストの動きがピタッと止まる。

「……えっ？」

アイリとティターニアの声が重なった。

今ので二度目である。

「偶然、でしょうか？」

ティターニアの目がアイリを向く。

「え、わたし？」

アイリは混乱している。

状況的にそうかも、とは思うけど。

「……そう言えば昔に」

ティターニアは不意につぶやく。

「アイリ、いいですか？」

「え、うん」

話しかけられて反射的に返事する。

「赦《ゆる》すと言ってみてください」

「⁇」

何のことかアイリは理解できないまま、

「あなたを、赦します」

とバーゲストに告げた。

「ウヲヲヲヲ」

とたん、バーゲストは後退して嘆くようなうなりを放つ。

噴き出していた黒煙が消えて、体の内側から白い光がこぼれる。

「やはり……ドミナでしたか」

ティターニアの声はバーゲストのうなりに消された。

「えっ？　えっ？」

アイリは訳がわからない。

光が消えたとき、白い大きな犬が立っていた。

「わっふー」

何やら明るく鳴き、アイリを見て尻尾をふっている。

先ほどまでとは明らかに違う。

濃密な死の気配が消え、牧歌的な空気になっている。

「あれ？　バーゲストは？」

アイリは茫然《ぼうぜん》とした。

「目の前にいますよ？」

すっかり落ち着いたティターニアが冷静に指摘する。

「え、え⁇」

アイリはまだ呑《の》み込めない。

頭では何となくわかっても、気持ちが納得しない。

「あの怪物が？」

と声に出す。

可愛《かわい》いかどうかはさておき、怖さがまったくない。

「聞いた話は本当だったようですね」

「えっ？」

アイリがティターニアを見る。

「バーゲストはかつて罪を犯し、地上に堕《お》とされた神獣だそうです」

妖精は答えて彼女に微笑《ほほえ》む。

「見事に神獣を解放したのですね」

「しんじゅう……」

アイリの頭にハテナが乱舞する。

神獣とは神の使いと言われる強大な存在だ。

地上の誰も倒せなかった理由は説明がつく。

「どうしてこうなったの？」

アイリの疑問に対して、

「ワン！」

バーゲストは元気よく吠《ほ》える。

「まあいいのでは？　あなたは今のままでも」

ティターニアは謎めいた笑みを浮かべた。

悪意は感じないのでアイリとしては困る。

閑話二　リエル2

Quiet talk 02

「黒よりも悪《あ》しきもの、闇よりも悍《おぞ》ましきよりもの、深淵《しんえん》の支配者の名を借りて顕現せよ——フィンスターニス」

リエルの詠唱によって禍々《まがまが》しい黒いレーザーが八本生まれて、巨人の青銅色のボディを貫く。

「おお……」

「魔法が効きにくいタロスを……」

「本物の天才魔女だな」

どよめいたのは同行していた騎士団たちだ。

タロスは魔法が効きにくいと有名である。

だから魔女は補助に徹し、騎士団が戦うのが常道だった。

「歴史が変わった瞬間かもしれないわね」

とつぶやいたのは王女レティだった。

王族の名誉のために同行していた彼女はうれしくなる。

自分の知己が新しい例を作り出すなんて素敵なことだ。

「たしかに。ワクワクするね」

彼女に賛成したのは魔法学園の生徒会長デボラだ。

王女のレティの護衛である。

「私がリエルに敗れたのは必然だったわね」

デボラは目を細めた。

タロスを騎士団の援護なしで倒すなんて彼女にはできない。

十三歳の新入生に魔法戦で敗れた悔しさは、目の前の現実に吹き飛ばされた。

「大魔女サーラ様の再来かもね。ご存命だけど」

とレティが親友に話す。

「えっ？　わたしよりお姉ちゃんのほうがすごいですよ！」

戻ってきたリエルは笑顔で訂正する。

またか。

レティとデボラは同じ感情を抱いて視線を交わす。

小さな天才魔女がことあるごとに話す内容は、すでに有名だ。

あまりにも彼女がくり返すものだから、「もしかして」と考え出す者も出ている。

もちろんレティとデボラは信じていない。

だが否定するとリエルがムキになるし、不機嫌にもなる。

「お姉さんすごいのね」

と肯定して場をしのぐいつもの手段に出る。

そこへ早馬がやってきて、伝令が騎士団長の前に転がり出た。

「ほ、報告します！　西方で出現していたバーゲストが討伐されました！」

「まさか!?」

「バカな！」

騎士団長を筆頭に全員が愕然《がくぜん》とする。

バーゲストはタロス以上に魔法が効かず、騎士団が総力戦を挑んでやっと撃退可能な本物の怪物だ。

「な、何かの間違いでは？」

レティが震えながら問いかける。

王女への敬礼をすばやくおこなった伝令は、

「間違いありません。あの怪物の消滅が確認されました」

と力強く断言した。

「バーゲストを倒せる戦力なんて西方にはないはず」

「そもそもこの世に存在しないから、ずっと放置されていたのでは？」

騎士たちは混乱している。

太陽が西から昇り、大地が突然転覆したかのような衝撃だ。

「いったい何が起こったというの？」

レティのつぶやきを聞いた伝令が、

「未確認ですが、アイリという名の魔女がいるそうで……」

と報告する。

「お姉ちゃんだ！」

リエルはたちまち目を輝かす。

「お姉ちゃんならバーゲストにだって勝てるわね！　納得だわ！」

はしゃぎはじめた天才魔女を前に一同は困惑する。

否定したいが、材料が何もない。

それに単なる村人が撃破したよりは、魔女が倒したと言われるほうがまだ納得できる。

「リエルの姉アイリ、本物なの……⁉」

「リエルの話はもしかして事実だったのかしら？」

レティとデボラはひそひそ会話した。

「聞こえてますよ！」

とリエルは指摘する。

「お姉ちゃんのこと限定でわたしの耳はいいんです！」

堂々とした宣言にふたりは苦笑いした。

「よく知ってるわ」

「何度も経験したもの」

と話し合う。

「いずれにせよちょうどよかったわ」

レティが意味ありげなことを言った。

「あっちでも調査が必要だったものね」

デボラがうなずく。

「？　何の話ですか？」

リエルがきょとんとする。

どれだけ天才であっても彼女は平民の一年生。

知らされてない情報が多い。

「あなたに来てほしい案件があるのよ」

とレティが話す。

「えー、魔法の研鑽《けんさん》に時間を使いたいんですけど」

リエルは渋る。

彼女はまだ人のために戦う義の心に目覚めていない。

タロス相手ならいい修行になるから引き受けただけだ。

「あなたのお姉さんと会う時間くらいは作れる」

「行きます」

リエルは食い気味に答える。

最後まで言えなかったレティは苦笑した。

「なら決まりかしら」

デボラが親友に確認する。

「まだよ。手続きも根回しも必要だから」

レティは首を横に振った。

「えー、いまからじゃダメなんですか?」

とリエルが問う。

彼女の関心がどこにあるのかあまりにもわかりやすい。

「すこし待ってちょうだい」

レティが微笑む。

「お姉さんに迷惑かけないためだから」

とデボラが言うと、

「了解！」

リエルはたちまち物分かりがよくなり、ふたりの先輩は声を立てて笑う。

姉至上主義者。

天才と並ぶ彼女の異名である。

第十話 妖精王オベロン

Chapter 10

ある日朝のこと。

「やぁ」

見たことない銀髪の美形の男性に話しかけられる。

藍と赤のオッドアイがとくに印象的だ。

「はぁ」

アイリは横のティターニアを見る。

「知り合い？」

四枚の翅《はね》を持っていることから察するに人外そのものだ。

つまりティターニア関係と判断する。

「ええ、兄です」

ティターニアは笑いをこらえて返事した。

「そっかぁ」

アイリは納得する。

「大物だな」

ティターニアの兄も笑う。

家の中に人外が侵入しているのに落ち着いている。

「単にあきらめただけ」

アイリはそっとため息をつく。

エルがたまにやってきては不意打ちしてきたのだ。

今日、ティターニアの兄が来ただけなのはまだマシくらい。

「くっくっくっ」

彼は腹を抱えて笑う。

おさまったタイミングで、

「君には名乗っておこう。俺はオベロンだ」

と告げる。

「オベロン……？」

アイリはまばたきをした。

知っている名前だ。

というか最も有名な妖精と言える。

「兄?」

彼女はティターニアに問う。

「ええ、そうですよ」

彼女は笑顔で答える。

「勝手に夫婦だと勘違いしたやつがいるだけだぞ」

オベロンはあきれ顔で鼻を鳴らす。

「まだ信じてるやつが多いのか?」

「どうでもいいですけどね。兄なので」

とティターニアが言うのでアイリはびっくりする。

彼女の塩対応は珍しい。

「おい、妹よ」

オベロンが情けない顔になる。

「何しにきたのです?」

とティターニアが兄を見つめた——というよりにらんだ。

「お前の危険を感じたから来たんじゃないか」

オベロンが心外そうに言う。

「アイリがいなければ手遅れでしたよ?」

妹は相変わらず塩対応だ。

「す、すまん」

オベロンはオロオロする。

美形が台無しだが、親しみやすさはある。

彼はハッとなってアイリの前で背を伸ばす。

「妹を救ってくれてありがとう」

「え、はい」

礼儀正しい一礼にアイリは目を丸くする。

「……あれ？　ニンゲン流のお礼ってこうじゃなかった？」

オベロンは顔をあげて首をかしげた。

「ううん、あってる」

とアイリは認める。

だからこそ彼女は驚いた。

人間の流儀を知る妖精なんて、彼しかいないのでは？

「だよね」

オベロンはホッとする。

「ただ、礼を言うだけじゃ物足りないな」

彼は目の前で腕を組む。

数秒考えたあと、妹に視線を向ける。

「妹よ、お前は何をした？」

「まだ考え中です」

ティターニアは悩ましげに答えた。

「えっと、あの、大事《おおごと》にはしないでいただけると」

アイリはおっかなびっくり提案する。

「そうはいかない」

オベロンは首を横に振った。

「可愛《かわい》い妹が救われた恩を返さないなんて、このオベロンの名折れだ」

と力強く言う。

「よし、これを君に贈ろう」

彼は黒いパンツのポケットからひとつの指輪を取り出す。

「君にとってささやかな幸運をもたらしてくれるだろう」

銀色と紫色が絡み合うようなふしぎな色だ。

「どこの指にでもいいからはめるといい」

「はぁ……」

ささやかな幸運なら、とアイリは受け取る。

そしてちょっと考えて右手の人差し指にはめた。

魔女にとって幸運を祈る意味を持つので、ちょうどいい。

「わたしが何もしないわけには……そうだ。これをどうぞ」

ティターニアは桃色のペンダントをアイリに差し出す。

「兄の指輪とあわせればささやかな手助けをしてくれるでしょう」

「うん」

ささやかなら、とアイリは受け取る。

感謝の気持ちをあまり無下にしたくないし。

「足りない気がするな」

とオベロンがぽつりと言う。

「兄上も思いますか」

ティターニアが彼を見る。

「え、充分では？」

アイリはちょっと腰が引けた。

なんとなくいやな予感がする。

「こちらがすまないという話だ」

「そうです」

妖精兄弟《きょうだい》は即答する。

「息ぴったりね」

アイリの指摘に対して、

「だろう？」

オベロンは得意そうに微笑《ほほえ》む。

「複雑です」

いやそうなティターニアとは対照的だ。

「そうだ」

オベロンが指をパチンと鳴らす。

「たしか犬はいたよね」

「犬ってか神獣らしいけど」

アイリは訂正を試みるが、彼は気にしない。

「なら執事とメイドがいれば完璧じゃないか」

謎すぎる理論だった。

「ちょっと何を言ってるの？」

アイリは本気で困惑する。

「悪くないアイデアですね」

ところがティターニアは乗り気になった。

「えええ……」

アイリとしてはドン引きである。

なぜ妖精兄妹が彼女に仕えるのか。

「妖精、無茶苦茶《むちゃくちゃ》すぎない？」

異議をとなえてみる。

「俺たちは自由さ」

オベロンは腹立つくらいきれいな笑顔で答えた。

美男好きの女子だったら一発で心がとかされそう。

「ごめんなさいね」

とティターニアは謝る。

しかし、譲る気はまったくないという意思は伝わってきた。

「ううう」

アイリはこんな場合どうすればいいのかわからない。

そもそも妖精の恩返しって拒否していいものなの？

「よし、ちぇーんじ」

オベロンが変なかけ声を出して、自分の服を執事そっくりに変える。

ティターニアも兄の真似《まね》をしてメイド服になった。

「ええぇ……」

アイリは二度驚く。

てっきり立ち回りの話だと思ったのに、服装から変えるなんて。

「驚いたか？　こう見えてもニンゲンの文化には詳しいぜ」

オベロンは白い歯を見せる。

「すこし知ってる程度ですけど」

ティターニアが苦笑して訂正した。

「いかがですか？」

と彼女は膝丈のスカートのすそをつまんで問う。

美形兄妹だけにとても似合っている。

それこそ好事家がお金を投げそうなくらい。

「似合ってる。画家が喜びそうなくらい」

とアイリは精いっぱい褒める。

「ふふふ」

ティターニアは満足そうに微笑む。

「あれ、俺は？」

オベロンはぐいっと身を乗り出す。

「ええ」

アイリは一歩あとずさりをする。

美形には違いないが、そう褒めるのは苦手だ。

「くっ、残念」

オベロンは両手を床につき、大げさに落ち込む。

故意とわかっていてもアイリの罪悪感が刺激される。

「兄の手口だから無視していいですよ」

とティターニアが助言する。

「え、そうなの？」

ならいいかとアイリは思ってしまう。

「妹よ。自分が褒められたからって」

「はいはい」

兄の抗議をティターニアはあしらう。

「ひどくないか？」

オベロンはアイリを見上げる。

気まずいので彼女は目をそらす。

「残念ですね、兄上」

ティターニアが勝ち誇る。

「くっ……」

オベロンの声に悔しさがにじむ。

「ねーねー、さっきからなんのさわぎ？」

突如として子どもの声が届く。

窓からふしぎそうな顔が四つ、中をのぞき込んでいた。

「あちゃー」

アイリは失敗を悟る。

妖精兄妹と普通に会話していれば、外にも聞こえたはずだ。

オベロンの説明、どうしよう？

アイリは頭を抱えたい。

「妖精王オベロン」はあまりにも有名すぎる。

「ようせいさま、ふえた？」

「本当だ。増えてるね」

子どもたちはもちろんすぐオベロンに気づく。

妖精王と呼ばれるだけあって存在感も大きい。

「うん、実は……」

アイリは言いかけたが、上手《うま》い言葉を見つけられなかった。

正直に話していいものか。

彼女の迷いを察したのか、

「俺はオベロンだ。よろしくな」

オベロンは堂々と名乗りをあげる。

「オベロン⁉」

「ウソ⁉」

「オベロンってオベロン⁉」

子どもたちの反応はいままでと明らかに違う。

有名人に、それこそ大魔女サーラに会った魔女たちのような反応だ。

「わたしのときと違いますね」

ティターニアは苦笑する。

「なんかごめん」

アイリは反射的に謝った。

「いいですよ。あるあるなので」

ティターニアは彼女にウインクする。

本当に気にしてないのだろう。

「しかしどういう状況なんだ？」

とオベロンがふしぎがる。

彼は子どもたちに興味をなくしたらしくアイリに問う。

「……わたしが一番聞きたいけどね」

どうしてこうなった？

力いっぱい叫びたいくらい。

できる性格じゃないけど。

「そこは君の魅力さ」

オベロンはきれいな笑顔を向ける。

「まともに答える気がないのね」

アイリはしょんぼりと肩を落とす。

妖精は気まぐれな分、その気にならないと答えてくれない。

「まあまあ気を落とさずに」

とティターニアがなぐさめる。

「何のさわぎだ？」

子どもたちの叫びが伝わっていたらしく、大人の声が聞こえた。

「ああ……」

なんて説明しよう。

アイリは頭を抱えてうずくまる。

「消えてくれない？」

と彼女はオベロンに頼む。

普通の人間から姿をくらませるくらい、訳ないはずだ。

「つれない態度もいいね」

とオベロンは笑みを浮かべる。

「話が通じない」

アイリは肩を落とす。

もやっとして髪の毛をいじる。

いたずら好きだったが、よき友達でもあったエルが恋しい。

いまいるのは意思疎通する気がなさそうな兄と、意思疎通はできても応じる気がなさそうな妹。

「落差がひどい」

妖精は性格が全然違うらしいけど、あんまりじゃあないか。

「さて困ったご主人さまだ」

とオベロンが腕組みをする。

「わたしたちが困らせてる自覚は持ちましょうね、兄上」

ティターニアが冷たく言う。

同類のくせに兄には容赦がない。

「魔女ちゃん様、ちょっといいかい？」

ドアを叩《たた》く音とともにターニャの声が聞こえる。

「ターニャさん」

いつもならとても安心する瞬間だ。

一番お世話になっている女性だから。

しかし、いまは運命の瞬間がやってきた、という気持ちになる。

「ど、どうぞ」

子どもたちに姿を見られているのだから、居留守は使えない。

仕方なく返事をする。

「子どもたちがなんかよくわからないことを」

ターニャの口はドアを開け、オベロンを見たところで止まった。

「ふ、増えた⁉」

やっぱり。

ターニャの叫びを聞きながらアイリは天をあおぐ。

「妖精のオベロンです。ティターニアのお兄さんみたい」

落ち着いたところでアイリは村人に紹介する。

「オベロンだ」

彼女がおやっと思ったほどオベロンは愛想がない。

子どもたちには気さくみたいだったのに。

アイリが困惑すると、

「兄はニンゲンの大人がきらいなんです」

ティターニアが耳打ちする。

「え、そうなの？」

彼女は聞き返す。

「もっと言えばあなた以外好きじゃないかもですけど」

「……⁇」

ティターニアのさらなる言葉に彼女はぽかんとした。

彼女の中のオベロン像とかけ離れている。

「そうなの？」

ティターニアがデタラメを吹き込むような性格とは思えない。

「そのうちわかりますよ」

予言めいた言い回しがなぜかアイリの心に刺さる。

「すこしいいかな？」

村長が手をあげる。

「どうぞ」

妖精兄妹《きょうだい》が返事をしないので、アイリが答える。

「妖精様が増えると、この村はどうなる？」

村長の問いに彼女は困った。

わかるはずがないので、当事者に確認する。

「……どうなるの？」

「どうにもならんだろ。興味がない」

オベロンはつまらなそうに即答した。

彼はアイリ以外に興味はなさそう。

「わたしたちがいるだけで、大きな変化が生まれるとは考えづらいです」

ティターニアは真面目に答える。

「そうなの？」

アイリが首をかしげた。

「いや、大アリでしょ」

と言ったのはエルである。

「ぴゃぁああ」

背後からいきなりだったので、アイリは奇声をあげて飛び上がった。

「お、いい声ね」

とエルは白い歯を見せる。

いたずらが成功したとうれしそう。

「え、エル、やめてくれない？」

アイリは涙目になって抗議する。

「ごめんごめん」

エルはまったく悪びれず謝って、彼女から離れたところにひかえる白い犬を見た。

「なんだかイヤな予感がしてたんだけど……」

「ふん、自分だけ逃げたってわけか、エインセル？」

オベロンが毒をたっぷりふくんだ言葉を彼女にぶつける。

「あんたの顔を見るほうが災難だけどね、オベロン」

エルは言い返してにらみつけた。

両者の間に火花が散った——としかアイリには見えない。

「ううう」

離れた位置にいた村人が逃げ出したくらい空気が悪く、アイリは痛くなった胃をさする。

「場に居合わせなかったのは兄上も同じでしょう？」

ティターニアは横から兄を撃つ。

「ぐっ……妹よ、こんなやつの味方をするのか？」

オベロンは意外だとよろめく。

「ふふん、相変わらず妹とすら仲良くできないのね」

エルがしてやったりと手を叩いた。

「自分だけ逃げたあなたも兄と同類です」

ティターニアは親友をにこやかに切って捨てる。

「ぐう……」

エルはまいったと言わんばかりに両手をあげた。

「つよい」

とアイリは感心する。

力関係ではティターニアが一番上らしい。

己の命を捨てようとしたバーゲスト襲来を、何事もなかったようなあつかいをしているあたり、たしかに彼女は尋常じゃない。

ティターニアは、

「あなたが望むなら、なにか仕掛けてみましょうか？」

優しくアイリの意思を問う。

「い、いらない」

彼女はすばやく答えを返す。

バーゲストが来て、エルがいて、オベロンとティターニアの兄妹もいる。

これ以上となると、彼女の胃と精神がもつはずがない。

村人だってこれ以上は困るだろう。

「ですよね？」

アイリが遠くで見守っている人たち問いかけると、

「ま、まあな」

村長がぎくしゃくと認める。

「残念」

ティターニアは真意を測りかねる笑みでつぶやく。

「安心しろ、ニンゲンども。俺はこの子以外に興味はない」

とオベロンは突き放す。

「ひどくない？」

アイリはとがめたが、

「安心しました」

村長をはじめ村人たちは明らかに安堵《あんど》する。

「そうなんだ」

アイリはいいのかなと思ったのは一瞬だ。

気持ちはよくわかる。

オベロンとティターニアなんていったい何事？

と力いっぱい叫びたいくらいだ。

恥ずかしすぎてできないけど。

「オベロンってもとからこんなやつよ？　あなたのことだってきっとそのうち飽きるわよ」

とエルがアイリに忠告する。

「とりあえず村に迷惑にならないようにしてね」

アイリは釘《くぎ》を刺す。

「わかってるさ」

「もちろんです」

妖精兄妹は承知したが、彼女の不安は消えない。

だ、大丈夫かな？

視線は宙をさまよってエルと目が合う。

「約束は破るタイプじゃないわよ」

と保証が返ってきたけどやっぱり安心はできない。

人間と妖精の感覚がズレているのはすでにエルで確認済み。

彼女が注意していくしかないのだろう。

家に逃げ込んで、耳をふさいで寝転がりたくなる。

「おーい」

そこに外に出ていた男性が寄ってくる。

「魔女ちゃん様にお客さんみたいだよ」

「お客？」

アイリは無数の疑問符が脳内に浮かぶ。

彼女がここにいるとは誰にも伝えてない。

彼女を訪ねて来れるはずがないのだ。

「もしかして厄介ごとか？」

彼女の表情を見たオベロンが気を回す。

「兄上の出番かもしれませんね」

ティターニアの表情から笑みが消える。

「グルルル」

己を忘れるなとばかりにバーゲストがアイリのそばに来てうなった。

急激に不穏な空気になって村人たちがおびえる。

「え、えと、まだトラブルって決まったわけじゃ」

アイリもいっしょに怖くなって、わたわたと言う。

「用心はしたほうがいいだろ」

オベロンが低い声でささやく。

「そうだけど」

アイリは否定できない。

「兄上とこの子がいるから平気だと思いますけど」

ティターニアがバーゲストに触れようとすると、さっとかわされる。

「グルルル」

気安く触るなとばかりに抗議のうなりをあげる。

「ごめんなさいね」

ティターニアは素直に謝った。

「うーん、この子、神獣っぽいんだよね……」

事情を把握してないエルがバーゲストを見ながらつぶやく。

「とりあえず会いに行くだけ会いに」

アイリは最後まで言えなかった。

途中で誰かに抱き着かれたからである。

「お姉ちゃんだぁあああ！」

何者、と思いかけたところで正体はわかった。

こんな声をあげるのは彼女の妹しかいない。

「えっ⁉　リエル⁉」

妹だとわかっても、事態をすぐ飲みこめるわけじゃない。

思わず顔を確認する。

「はーい、リエルでーす」

赤いブレザー、白いブラウス、紺色のスカート。

魔法学園の制服を着たリエルは彼女に抱き着いたまま、灰色の瞳を向けて笑顔を見せた。

第十一話　妖精王はアイリにだけ甘い

Chapter 11

「妹？　本物？」

妖精兄妹《きょうだい》とバーゲスト、エルが順番にアイリに確認する。

「本物」

彼女が肯定すると、

「わ、妖精が三柱!?」

リエルは初見で兄妹とエルの正体を看破した。

それからバーゲストを見て、

「お姉ちゃん、神獣をペットにしたの？」

とアイリに聞く。

「!?」

これにはさしもの妖精たちも絶句した。

「……な、何のことかな？」

アイリはとぼけようとする。

妖精はともかくバーゲストの正体はやばいと、本能的に察しているからだ。

「？　わたしをごまかせるわけないって、お姉ちゃんは知ってるよね？」

しかし、リエルにふしぎそうな顔をされる。

「そうなんだけど……」

やはり妹は手ごわい。

妖精や神獣のような超常的存在に気づくだけじゃない。

種類や力の強さもかなり正確に見抜いてしまう。

「ただものじゃない感じがすごいわね」

とエルが感心する。

「たしかに」

ティターニアが同意し、オベロンは不快そうに腕を組む。

アイリはどうしようと途方に暮れかけたとき、

「お姉ちゃんが困るなら黙ってるよ？」

リエルはニコッと笑う。

「そ、そう？　ならいいけど」

アイリはホッとしたが、今度はエルが口を出す。

「立ち入ったことかもしれないけど、信じて大丈夫？」

「大丈夫よ」

彼女は即答する。

「わたし、お姉ちゃんとの約束を破ったことないもんね」

とリエルは得意げに言い、アイリは首肯した。

「ならいいけど」

「そもそも信じるニンゲンはすくないでしょう」

とティターニアがエルに言う。

「それもそうね」

エルは納得する。

「ところでお姉ちゃん」

リエルは笑みを消す。

「どうしたの？」

アイリは何事かと真顔になる。

「今日、お姉ちゃんの家に泊まっていい？」

「……いいんじゃないかしら」

妹の質問に脱力しつつ、彼女は答えた。

「落ち着いたところで、村人に紹介したほうがよくありませんか？」

とティターニアが提案する。

アイリはようやく村人たちに遠巻きにされている状況に気づく。

「ところでどうして来たの？」

と彼女はリエルに問う。

妹は魔法学園に入学したのだし、今日は休みじゃないはず。

「えーっと……」

なぜかリエルは言葉を濁して目をそらす。

後ろめたいことがあるときにやる仕草だ。

「正直に話しなさい」

アイリは姉として指示を出す。

「はい」

リエルは素直に降伏し、事情を明かす。

「この村から離れた位置にある大森林の調査に来たの」

彼女の言葉を聞いた村人からざわめきが起こる。

「あそこには不吉な言い伝えが」

村長が遠慮がちに言うと、

「うん。聞いた」

リエルはうなずく。

「実際に災いがいくつか起こってね」

と彼女は簡単に姉に話す。

「タロスにバーゲスト」

後者は知ってるなぁと思いながらアイリは聞く。

「大森林で何かあったわけじゃないから、騎士団は動けなくて」

お金がかかるからとリエルは笑う。

「そう」

世知辛い事実を聞いてしまった。

アイリは暗い気持ちになりながら疑問を抱く。

「あなたひとりで来たの？」

いくら妹が天才だからってたったひとりで派遣されるだろうか。

だとしたらとんでもない組織だと思う。

「えっ？　あれ？」

リエルはきょとんとする。

次に姉から体を離して不思議そうに周囲に目を配った。

何かに気づいてポンと手を叩《たた》く。

「……てへっ」

彼女は可愛《かわい》らしく舌を出しごまかし笑いを浮かべる。

「置いてきたのね」

アイリは察して嘆息した。

「なかなか愉快な妹だな」

オベロンもさすがにあきれ顔だ。

「対照的な姉妹なのですね。わたしが言うことではないですが」

と言ったティターニアは自覚があるらしい。

「兄妹、姉妹という単位では同じタイプかも」

エルの評価に妖精兄妹は複雑そうに、お互いの顔を見合わせる。

「どうやら連れが来たようだな」

オベロンが遠くを見た。

アイリもつられて視線を向けると、遠くにふたつの影が浮かぶ。

「ふたりだけなの？」

とアイリが妹に問う。

「いろんな制約があるみたい」

リエルがくだらないという顔で答える。

「ニンゲンは愚かだな」

オベロンが鼻で笑う。

アイリがちらっと見るとあわてて、

「もちろん君だけは例外だ」

と言う。

リエルはムッとして姉をかばうように割って入る。

「そう言えばどちらさま？」

と問いを放つ。

「俺かい？」

オベロンは一瞬思案顔になる。

なにかを思いついてふふんと答えようとしたところで、

「ちょっと待って。紹介は一度にしましょう」

アイリが制止する。

「たしかに二度手間だな」

とオベロンは認めたがそれだけじゃない。

置き去りにされたあげく、先に話が進んでいるという状況はあまりにも気の毒だ。

妹に悪意はまったくないので余計に。

「お姉ちゃんやっぱり優しいね」

リエルはニコニコする。

姉の気遣いを理解できるくせに自分ではやる気はないらしい。

「友達なくすわよ」

さすがに見かねてアイリは注意する。

「お姉ちゃんがいるからいいもん」

リエルは気にせず姉に抱き着く。

「だめ」

甘やかしてはいけない。

強めの声を出して引きはがす。

「はーい」

リエルは観念して両手をあげる。

「お姉ちゃんしてるのね。びっくり」

「たしかに意外です」

エルとティターニアがこそこそ言い合う。

「ごめんくださーい。こちらに女の子が来ませんでしたか⁉」

村の入り口で若い女性の声が響く。

「あ、デボラだ」

とリエルが言う。

「行くわよ」

アイリが手を引くと妹は満面の笑みになる。

「はーい」

村人たちの微笑《ほほえ》ましい視線を受けながら、アイリは妹の連れを出迎える。

入り口に立っていたのはリエルと同じ魔法学園の制服を着たふたりの少女だ。

ひとりは金髪に水色の瞳の上品な顔立ち。

もう一人はウェーブがかかった黒髪に凛々《りり》しい顔立ち。

ふたりともリエルと違って鞄《かばん》を背負ってポーチを身に着けている。

「妹がごめんなさい」

名乗るより先にアイリはふたりに詫《わ》びた。

「妹？　ということはあなたがリエルのお姉さんですか？」

金髪の少女が目を丸くする。

「実在したんだ」

とは黒髪の少女。

「お姉ちゃんはすごいでしょ？」

リエルがいきなり言い放ち、

「初対面でわかるわけないでしょう」

ほかの三人の声が重なった。

アイリはふたりと目を合わせる。

少女ふたりは同時に噴き出す。

「この子の姉はどんな人なのって思ってたけど、安心しました」

と金髪の少女。

「何だか仲良くなれそうかも」

と黒髪の少女が言う。

「はぁ……」

親近感を抱いたのはアイリも同じだけど、大丈夫だろうか。

相手は魔法学園のエリートなのに。

そんな不安が彼女の心を占める。

「わたしはレティよ。よろしくね」

「あたしはデボラ」

ふたりとアイリが順番に握手したところで、

「レティが王女様でデボラが生徒会長ね」

リエルがさらっとふたりの正体を明かす。

「おうっ？　せいと、かいちょっ？」

想像を超えた大きな肩書きにアイリは仰天する。

とんでもない大物が来た。

それもふたりも。

「こういうところは対照的ね」

「リエルは平然としてたなぁ」

レティとデボラはなつかしそうにふり返る。

「妹は昔から物怖《ものお》じしない子でしたね」

とアイリは納得の表情で言った。

王女や生徒会長相手にあわてふためく姿は想像できない。

「そうなんでしょうね」

レティはうなずいて、

「ところでわたしたちがここに来た理由はご存じかしら？」

とアイリに問う。

「妹から簡単には聞きました」

彼女は自分が知ってることを話す。

「妹はわたしの家に泊まればいいと思いますが、おふたりはどうしますか？」

さすがに小さな村に王女が泊まるのは厳しい。

「わたしはどこでも眠れるタイプなのよね」

「わたしも」

レティ、デボラは主張する。

「えええ」

アイリはのけぞりたくなった。

どう考えても彼女の手に余る展開だ。

「いいじゃない？　四人でお泊まりしようよ」

リエルは隙ありと背後から姉に抱き着いて提案する。

「……えっ？」

その発想はなかったとアイリは固まった。

「いいわね！　リエルのお姉さんと話してみたかったの」

レティが手を叩いて喜ぶ。

「わたしも。いろいろ聞いてるわよ？」

デボラの意味ありげな視線が怖い。

「え、えっと、王女様が泊まるって村の人がなんて言うか」

アイリは逃げを打つ。

自分の精神がもつ気がしないので。

「黙ってればいいよ。わたしの友達が来たと言うだけで」

リエルがニコニコと提案する。

「同感だわ。王女だって目で見られたくないし」

とレティが賛成した。

「バレたら静かに調査するのが難しくなりそうだものね」

デボラも同意する。

「ええ……」

アイリは泣きたくなった。

いったい何なの、この人たちは？

天をあおぐのは失礼かも、とかろうじて思いとどまる。

「似たもの同士三人組って感じね」

というエルの評価に内心同感だ。

似た性格だから仲良くなれたの、もしかして？

という疑問が浮かぶけど、何のなぐさめにもならない。

「何なら俺が追い払ってやろうか？」

黙って見ていたオベロンが口を出す。

「そ、それはだめ」

アイリは即答する。

「お泊まり会が困るだけで、追い払いたいわけじゃない。ですよね？」

ティターニアの言葉に彼女はうなずく。

妹と友人を、それも正当な理由があって来た人たちを、追い払うなんて彼女にはできない。

「ではおもてなしにわたしが協力しましょう。なら多少は気楽になるかと」

ティターニアの提案にアイリは迷う。

「ええと……」

別の方向で心配になるのは気のせいだろうか。

「ところでお姉ちゃん、妖精たちの紹介はまだ？」

リエルが姉の腕をとって問う。

言い出したら聞かないときの目つきになっている。

「……わかった。名乗ってくれる？」

アイリは自分ではやらず、妖精たちの意思を聞く。

「いいだろう。俺はオベロンだ。よろしく」

オベロンは愛想ゼロの冷たい表情で名乗る。

「えっ⁉」

「オベロン⁉」

レティとデボラのふたりは絶句し、彼を凝視した。

視線で穴を開けられるとすれば、オベロンの体を貫通して村がひどいことになりそうな勢いで。

「わぁ！　思った通り、大物だぁ！」

唯一、リエルだけは満足そうに微笑む。

「何となく察していたみたいね」

とアイリも驚かない。

初見でバーゲストの正体を看破してみせたように、リエルの知覚力はずば抜けている。

オベロンの名を特定できなくても、候補を絞ることはできていたのだろう。

「ならこっちはティターニアとか？」

とリエルは無邪気に言い放つ。

「お見事。わたしの名はティターニアです」

ティターニアは笑顔で肯定する。

「えええ⁉」

「オベロンとティターニア⁉」

レティとデボラの悲鳴が重なった。

きっとこのふたりの反応が一般的よね、とアイリは思う。

予想できたから紹介したくなかったのだ。

「最後にわたしはエインセルよ。偉大なる大地の母の娘」

エルが胸を張って名乗りをあげる。

デボラとレティの反応はうすいが、リエルは違う。

「大地の娘って、すごい妖精では？」

「あなたはわかってるじゃない。ミーハーとは違うのね。さすがこの子の妹」

目を輝かすリエルにエルは満足そうに胸を張る。

「ところで何で、そんな恰好《かっこう》なの？」

リエルの興味が兄妹《きょうだい》の服装に移った。

「君のお姉さんに仕えるためさ」

オベロンはきれいな笑顔をリエルに向ける。

「さすがお姉ちゃん！」

女性の九割を虜《とりこ》にできそうな笑顔——直接向けられてないレティとデボラは真っ赤にな

った――だったが、リエルには通じない。

姉を称《たた》えながらまたしても抱き着く。

「いや、疑問に思うところだから……」

アイリはすかさず引きはがす。

「この子、大物になりそうね」

エルが関心をリエルに向ける。

「そ、そうですね。事情をうかがっても？」

とレティがオベロンに話しかけた。

アイリの見立てでは緊張した乙女のような表情で。

「答える義理も義務もないね」

ところが彼は冷ややかだ。

本当にニンゲンが好きじゃないらしい。

アイリはあわててフォローを考えようとしたけど、

「伝承通りね」

つぶやいたレティに傷ついた様子はなかった。

デボラとふたり、好奇心たっぷりの視線をアイリに向ける。

「あのオベロン様に仕えられるなんて、さすがリエルのお姉さんだけあって、ただものじゃないのね」

「ううう」

アイリは胃が痛い。

レティは王女だから王族だ。

デボラも生徒会長だからきっとすごいのだろう。

そんなふたりに注目されるなんてオベロンのせい――と糾弾する勇気なんて、アイリは持っていない。

「うう」

自分だけ場違いな気がひどくて、アイリは目をそらす。

とりあえず髪の毛をさわるが、何も解決しない。

「アイリが困ってんじゃん。似合わない執事のまねごとなんてやめて、さっさと帰ったら？」

とエルが不可視の棘《とげ》をオベロンにぶつける。

「お前に指図されるいわれはないね」

彼の対応はさらに冷ややかだった。

「あううう」

エルが味方してくれたのはうれしいけど、空気はさらに悪化している。

ちらりとティターニアを見ると、

「言っても無駄でしょう」

即答にアイリはがっくり肩を落とす。

これからずっと気まずい思いをするのか。

アイリは暗たんとして、胃をさする。

「わたしたちは平気だから、落ち込まないで」

とデボラが見かねて彼女に優しく声をかけた。

「ごめんなさい」

しょんぼりとするアイリに、

「いいのよ」

レティもあたたかく対応してくれる。

「お姉ちゃんに気遣わせるなんて、悪い妖精だなぁ」

リエルが口を尖《とが》らせて、オベロンをにらむ。

「あん？」

彼が視線を合わせると、

「お姉ちゃんに仕えるってのが本当なら、お姉ちゃんに変な配慮させるのはおかしいよね。クビ！」

リエルは強い口調で言い放つ。姉に迷惑かける者は誰であろうと許さない、という確固たる意思が瞳に宿っている。

「たしかに。妹ちゃんが正しいよね。迷惑オベロン」

エルが拍手をしながら支持した。

「なん、だと」

オベロンは意表をつかれたのか、よろめく。

「えっ、えっと？」

アイリは混乱する。

困るのは事実だが、リエルは言いすぎじゃないだろうか。

「お姉ちゃんは優しいし、そこが大好きなんだけど、厳しい態度をとらなきゃいけないときだってあるの」

リエルは大人な表情で諭す。

「そ、そうかもね」

どっちが姉かわかんない。

アイリはちょっと落ち込み、視線を地面に落としながら妹の主張を認める。

「うーむ、アイリが言うなら、譲歩するしかないのか」

とオベロンは腕組みをした。

「わたしだけでも足りますけど？」

とティターニアが兄に言う。

「そうはいくか」

オベロンはアイリの手を取って、

「心を入れ替えるので、これからもよろしく頼む」

と懇願する。

おそろしく整った顔が目の前に迫ったアイリは、

「はぁ」

気のない返事をした。

人を超えた美貌に見とれたからじゃない。

断るとあとが面倒かも、という後ろ向きな理由が頭をよぎったからだ。

「お姉ちゃん？　妖精王なんかに遠慮しなくてもいいよ？」

とリエルが念を押す。

エルが口笛を吹いたものの、ほかのメンバーはみんなぎょっとする。

オベロン相手にそんなことを言い放つ人間がいるなんて、と信じられないようだ。

「いいから」

アイリは妹を止める。

「ふーん」

リエルは姉をじーっと見て、

「ならいいか」

ようやく矛をおさめた。

「やれやれ、おっかない妹だ」

オベロンは肩をすくめる。

「だいたい自業自得ですよ、兄上」

とティターニアが指摘したが、彼は無視した。

「えーっと……何とか紹介し終わったので、ご用件を聞いても？　そろそろ本題に入ったほうがいいのかなーって思うんですけど」

レティもデボラも妖精たちに圧倒されてるのか、切り出す気配がない。

仕方なくアイリが申し出ると、

「さんせー！　いったん、お姉ちゃんの家に行こ！」

リエルが両手をあげて元気よく発言する。

「立ち話じゃ申し訳ないしね」

代案がないとアイリも消極的に支持した。

第十二話　伝説で語られる地

Chapter 12

アイリの家にて、ささやかなパーティーが開かれる。

立役者は妖精兄妹で、彼らが果物や肉を調達し料理もしてくれた。

王侯貴族にふさわしいかはともかく、パーティーのごちそうとしてはふさわしい内容である。

「この程度、お安い御用さ」

唖然《あぜん》とするアイリにオベロンが白い歯を見せた。

「さすが妖精王オベロン」

とレティが感心する。

「リエルが言っていたことは本当だったのね」

と目の前のデボラが言ったのをアイリの耳は拾う。

「この子、何か変なこと言いませんでしたか？」

右隣に座るリエルにちらっと目をやって問いかける。

聞こえてるはずなのに、当の本人は聞こえないふりをした。

つまり後ろ暗いことを抱えているということ。

アイリはつき合いの長さで見抜き、心臓がぎゅーっとなる。

「いろいろ言ってたけど、事実じゃない？」

デボラがふしぎそうな顔をする。

「まさか全部事実だったなんて恐れ入ったわ」

とレティも尊敬のまなざしをアイリに向ける。

「あれぇ？」

思ってた展開と違う。

どうしてこうなるの？

アイリは誤算に首をかしげる。

「お姉ちゃんってこういう人なんだ」

とリエルが学園の先輩たちに言う。

「そこも事実だったわね」

レティがうなずく。

「そんな人がいるなんて、と思ってたけど」

デボラも含みのある反応をする。

何がなんだかアイリにはさっぱりわからない。

「な、なにか誤解があるのでは？」

とアイリはすがる気持ちで言ってみた。

「誤解？」

「どこが？」

レティ、デボラはおかしそうに首をかしげる。

「あうぅ……」

だめそうだとアイリは肩を落とす。

エルがくくと笑う。

「そろそろ話を聞いてもよいのでは？」

ティターニアが助け舟を出した。

「あ、そうだね！」

リエルが同意する。

「どこまで話したの？」

彼女にレティが問う。

「大森林の調査に来たこと、騎士団は動かせないってことくらい？」

リエルの返答にレティは苦笑する。

「見事に必要な部分だけね」

「王女様が来るくらい深刻なのですか？」

とアイリが不安になって質問した。

「可能性は低いはずだけど」

レティは複雑な顔になる。

「最近、王国内で事件が複数起こったのは聞いた？」

というデボラの問いにアイリはうなずく。

「大森林に眠るとされる存在と関係があるかも。またはほかに事件が起こったくらいだから、大森林でも何か起きるかも。そんな理由ね」

レティが続きを話す。

「根拠がない漠然とした懸念だから、今回のメンツになったというわけ」

王女の顔をして自嘲気味に語る。

「なるほど」

アイリはようやく納得した。

身分と信用と調査能力がありそうなふたりに、いざというときの戦力として期待できるリエルがつけられたのか。

「ま、くだらない心配だなんて言えなくなったけどね」

とリエルが珍しく真顔で言う。

「ええ、そうね」

レティとデボラも賛成する。

「ところで伝承って何なの？」

アイリは気になってた点を妹に問う。

村人が言ってた不吉な言い伝えがまだ引っかかっている。

「あれ、お姉ちゃん、知らないの？　クロウ・クルワッハの伝説」

リエルが意外そうに首をひねった。

「クロウ・クルワッハ」

知らないなんてアイリは言えない。

妖精たちの顔からも感情が消える。

「あいつかあ……」

エルが珍しく嫌悪に顔をゆがめ、吐き捨てるように言った。

なにやら知っているらしい。

「さすがに名前くらいは知ってるわよ」

アイリはそれを気にしながら、伝説を思い出す。

いわく神話の時代の怪物、最強の魔龍《まりゅう》。

何柱もの神を食い殺した最悪の神殺し。

太陽が沈み、月の満ち欠けが起こるのも、冬がやってくるのもクロウ・クルワッハが神の力を奪ったからだという。

「神々との決戦に負けて大地の底に封印されて、お話は終わるわよね？」

アイリの言葉にリエルはうなずき、

「わたしたちが調査に行く大森林、そこ」

と告げる。

「はい？」

アイリは耳を疑った。

ついでに自分の頭も疑う。

そしてリエルを凝視する。

「いやー、さすがにないと思うよ」

彼女は姉の不安を笑い飛ばす。

「伝承が事実なら、神々の封印が厳重にほどこされているはずだから」

とレティが微笑《ほほえ》む。

「そうですよね」

アイリは答えながらなぜかバーゲストを思い出す。

「解けるわけがないけど、念のためね。心配性な人たちを安心させるための仕事と思えばいいわ」

とデボラも笑う。

「ですよね」

人間たちはみんな笑ったが、妖精は笑わない。

兄妹《きょうだい》は見つめあう。

「よければ俺たちもついていこうか」

とオベロンが申し出る。

「えっ？」

アイリは怪訝《けげん》に思う。

「わたしたちも興味はあるのです。わたしたちの祖父母よりもさらに上の世代が語る、あのクロウ・クロワッハは事実なのか」

ティターニアがおだやかに言った。

「俺たちだって聞かされてはいるが、この目で見たわけじゃないからな」

とオベロンは話す。

「どうします？」

アイリは判断を王女のレティにゆだねる。

「大森林には強いモンスターがいるかもしれないから、オベロン様とティターニア様に同行してもらえるのはとても心強いわ」

王女は即ふたりの提案を受け入れた。

「ただでさえ未知の森林はやっかいだものね」

とデボラは納得する。

「いいの？」

アイリが確認すると妖精兄妹はうなずく。

「君の力になりたいんだ」

オベロンは甘くささやいた。

アイリは真剣に取り合わない。

彼ほどの美形が自分にアプローチをするなんて、冗談のたぐいだろう。

「えっと、エルは？」

「わたしは行かない」

アイリの問いにエルはきっぱりと答える。

「バカじゃないの？　そんな言い伝えがあるってのはつまり、あんたたちへの警告ってことよ？　バカじゃないの？」

怒りと不快さをにじませてエルは、アイリ以外の人間たちを順番ににらむ。

「えーっと、だから調査は必要じゃん」

困惑による沈黙を破ったのはリエルだった。

「誰かがやらなきゃいけないじゃん？」

無垢《むく》な少女とは思えない大人びた表情で彼女は決意を語る。

彼女は平常心である。

こういうとき使命感で高揚したり、緊張で震えるような年相応の可愛《かわい》さ、あるいは未熟さとは無縁なのが、リエルという少女だ。

アイリは姉として胸が苦しい。

「わたしも行く」

それでも彼女は決断する。

心臓はバクバクしているし、胃は締め付けられて、いまにも吐きそうだけど。

妹が危険な場所に行くと言っているのに、いやだとは言えなかった。

言ってしまえば、大切な何かが壊れてしまいそう。

「……犬は置いて行ったほうがいいよ、お姉ちゃん」

「そうね」

姉妹のやりとりが聞こえたバーゲストは、家の外でしょんぼりした。

「もう！　バカばかり！　わたし知らない！」

エルはかんしゃくを起こして姿を消す。

「怒らせちゃった？」

リエルが姉を気遣う。

「あの子はよく怒りますよ。気分屋なのでそのうち戻ってくるでしょう」

ティターニアが答えると、

「そうそう。あんなやつなんて気にするな」

オベロンがここぞとばかりに主張する。

アイリは聞き流すことにして、

「そう言えば調査期間ってどれくらい？」

と妹に問う。

「十日くらいじゃなかったかな」

リエルは自信なさげに答えて、視線をレティにやる。

「調査のはかどり具合によるわね。広大な場所だから全部を調べるのは無理でも、調査結果を出せる程度にはやらないといけないから」

「じゃあもっとかかるかもですね」

と言いながらアイリはどうしようと考える。

「水と食料なら俺たちが何とかするさ」

オベロンが胸を叩《たた》く。

「精霊たちがいるだけで水と食料が集まってくるって実話なのかしら？」

というレティが問いかけに、

「そんな力の強い妖精はめったにいませんよ」

アイリが答える。

オベロン、ティターニア、エルくらいだろう。

「自動的に集まるのは果物と野菜だけで、水と肉は魔法で解決してるんですけどね」

とティターニアが微笑む。

「妖精は強すぎ」

リエルは尊敬のまなざしをアイリに向ける。

「そ、そろそろ寝ましょう。調査に行くなら早いほうがいいよね」

彼女は話の切り上げを狙う。

「さんせー」

リエルが最初に同意して、

「お姉ちゃん、いっしょに寝よ！」

と抱き着く。

「仕方ないわね」

久しぶりに会ったのだからいいかとアイリは受け入れる。

「本当に仲がいいわね」

レティがうらやましそうに言う。

「寝床はどうしますか？」

とアイリは聞く。

「わたしとリエルは藁《わら》か干し草の二択なんですけど」

さすがに王族は無理だろうと彼女は思う。

「あら、わたしたちは平気よ」

レティは微笑んで答える。

「わたしたちが調査チームに選ばれたのは石の枕と落ち葉のベッドでも平気だから、という理由もあるのよ」

デボラが笑いを殺して説明した。

「そうなんですね」

優雅なお嬢様お姫様かと思いきやとんでもない。

アイリと差がない暮らしでも平気だなんて。

「軟弱な生徒がいないとは言わないけど、魔法学園の生徒会長は務まらないわね」

と語るデボラからは自負を感じる。

「何でかわからないですけど、何か納得しました」

とアイリは答える。

「わたしは平気だよ、お姉ちゃん！」

リエルが主張してくるが、

「知ってる」

とあしらう。

妹が森でも山でも川でも平気なのは、だれよりも知っている。

「でも、いい布団のほうが体は休まるんでしょう？」

アイリは自分の体験をふり返る。

村よりも都会のほうが寝床はちょっとよかったし、疲れの取れ方も違ったように思う。

「何が起こるかわかんない場所に行くなら、しっかり休んだほうがいいのでは？」

「ほんとだよね、お姉ちゃん！」

リエルはすかさず賛成する。

彼女は姉の言うことは基本賛成するので、彼女は驚かない。

「……一理あるわね」

リエルのおねだりにレティは苦笑し、デボラに目配せする。

「了解」

デボラが指を鳴らすと、赤い大きな箱が彼女の頭上に出現して、勝手にフタが開く。

「それがあなたのマジックアイテムですか？」

とアイリが問う。

「ええ。サーラ様に師事していたなら知ってるかもね」

デボラは肯定する。

名前は忘れてしまったが、持ち主の魔力量に応じて収容量が増えるアイテムだったはず。

中から出てきたのは丸い敷布団に花柄の可愛らしい掛け布団、それから寝間着だ。

「ということで四人仲良く寝ましょう？」

とレティが提案する。

「え、四人で、ですか？」

アイリはびっくりする。

たしかにデボラが出した布団だと、女子四人が寝るのは平気そうだ。

「ええ、親睦を深めたいしね」

と王女に押し切られる形で、四人くっつくようにして布団に入る。

布団のやわらかさ、肌ざわりのよさはアイリにとって初めての体験だ。

それに何かいい匂いもする。

土でも草でも花でもない、貴族だからまとえる香りが。

これだけでもあり得ないのに、王女が隣で寝るなんて、さらにあり得ない。

布団とは違う甘い香りが鼻腔《びこう》を刺激し、女の子同士なのにアイリはドキドキする。

シンプルで地味な彼女の寝間着とは違い、レティとデボラのものは赤やピンクの女の子らしい可愛らしいもの。

顔立ちもとてもきれいだし、おそらく化粧もしていたのだろう。

自分があこがれている「都会の女の子」だと思う。

リエルはと言うと彼女と差はない。

「草と土の匂いがいいわね」

とレティが仰向《あおむ》けになってつぶやく。

彼女はアイリとは反対に、草や土の匂いこそ珍しいのだろう。

「田舎ですから」

アイリは自嘲気味に答える。

はっきりとした差を五感であじわっている最中なので、卑下する感情がどうしても生まれてしまう。

レティの感情は好意的なものだと理解していても。

「わたし、じつは人の喧騒《けんそう》があまり得意じゃないから」

王女に耳元で不意にささやかれてアイリは硬直した。

おかげで衝撃的な告白を彼女の頭が消化するまで時間がかかる。

「……えっ？」

「だからこういった場所で、ゆっくりとした時間を過ごしてみたいの」

微笑《ほほえ》む顔には本心が見えた。

都会の人らしい華やかな人だとアイリは思っていた。

そして自分の理想の体現者だとも勝手に感じていたけれど、どうやら違うのかもしれない。

「わたしは都会にあこがれてたんですよ。恥ずかしいですけど」

なごやかでいてすこし切ない場の空気がアイリの背中を後押しして、秘めていたものを告白させる。

「そう」

誰も笑わないのが彼女はうれしい。

「村の暮らしがいやというわけじゃないんです」

村の人にはよくしてもらっていて、不満があるわけじゃない。

どう言えばいいのかわからないのがもどかしい。

「そう。あなたが望むなら、協力者として報告はできるわよ」

とレティは真剣なまなざしを彼女に向ける。

「……」

アイリは答えられない。

ありがたい話だけど、自分は果たして役に立てるのだろうか。

また役立たずだと居場所をなくしたりしないだろうか。

不安があまりにも大きすぎる。

「すぐに決めなくていいわ。ゆっくり考えて」

「はい」

アイリはレティの気遣いに感謝した。

安心したところで彼女は最初に寝てしまう。

「……ほんと何者なのかしら」

デボラが小声でつぶやいた。

アイリのことなのは言うまでもない。

「サーラ先生は【つなぎ導く地の星《フォルム・ステラ》】と呼んでいました」

とリエルが話す。

彼女は師匠から姉のことを聞かされていたのだ。

「フォル、ステラ？」

レティとデボラの声が重なる。

「神獣、天使、悪魔、精霊、妖精……神秘的存在たちに愛され、彼らをつなぎ止め、助力を得られる存在を、大昔からそう呼んでるそうです」

「そんな存在が……」

デボラが驚いたのに対してレティは、

「そう言えば王家に伝わる文献に、いくつか名前が出てくるわ。龍《りゅう》と天使を従えた巫女《みこ》の話とか。おとぎ話だと思っていたのだけど」

と言う。

リエルは黙って彼女を見つめる。

姉のことならすぐに騒ぐはずの彼女の反応こそ、事実を語っているのだとふたりは直感した。

「本人は知らないみたいだけど、どうして？」

レティが問いかける。

「お姉ちゃんは力を使いこなせてないし、人が教えられるものではないので……あと、性格的にいま言ってもいい効果は生まれないって先生が言ってました」

リエルはしょんぼりと説明した。

「できるならいっしょに学園に通いたかったんですけど、反対されちゃって」

もちろんサーラにである。

「そういう理由なら仕方ないわね」

とレティが答えた。

特殊な力を除けば並み以下というなら、魔法学園は厳しい。

サーラの判断は適切だと彼女は思う。

「明日から楽しみね」

とデボラが言ってまとめた。

普段ならもうすこしおしゃべりに興じるところだけど、さすがにひかえている用件が用件だ。

夜更かしすると布団を出した意味がなくなってしまう。


「眠れた気がしない」

とアイリはしょんぼりして起きる。

やはり緊張が睡眠に影響してしまったらしい。

ほとんど同時に、

「久しぶりにお姉ちゃんといっしょだったから熟睡できた！」

リエルが元気よく跳ね起きる。

彼女の大きな声でレティとデボラも目を覚ます。

「ちょっとリエル……」

「いえ、いいのよ」

妹に注意しようとした彼女を、デボラが制止する。

「みんなの目覚ましリエルちゃんです！」

とリエルは得意そうに胸を張った。

「いつものことだからね」

レティが笑う。

「魔法学園でも同じなのね」

アイリは苦笑する。

「でも、ということは家でもそうだったの？」

「はい」

レティの質問に彼女は即答した。

「おじいちゃんたちより早起きだもんね！」

とリエルは言うが、

「子どもの早起きは褒められたものじゃないって言われても、なおらなかっただけでしょう」

アイリがすかさず切り返す。

「てへぺろっ」

リエルはごまかし笑いで応じる。

「変わらないわね」

彼女としては安心八割、呆《あき》れが二割というところ。

「仲いい姉妹ね」

レティがまたうらやましそうにつぶやく。

姉妹の縁がうすいのかなとアイリは何となく思う。

「朝食をすませて出発しましょう」

デボラが冷えかけた空気を変えるために言った。

朝食は昨日の残りである。

魔女が四人、うち三人がアイリと違って便利な魔法を使いこなせるので、充分なほどおいしかった。

出る前に少女たちは動きやすい服に着替える。

「行ってきます」

アイリはすべてを話さず、しばらく留守にするとだけ村人に伝えて出発した。

「俺たちがついているんだ。ドラゴンより役に立つぞ」

オベロンは偉そうに胸を張る。

「できるかぎりのことはします。兄のやりすぎもわたしが止めます」

とティターニアが言ってくれるのがアイリには心強い。

「行ってらっしゃい」

送り出してくれた村人たちの顔が引きつっていたのは、妖精兄妹《きょうだい》のせいだろうか。

「愛されてるわね、アイリさん」

とデボラが感心する。

「さすがお姉ちゃん」

「さすが俺のアイリ」

アイリは妹と妖精王の言葉を聞き流し、

「よくしていただいてます」

村人に感謝の気持ちを込めて答えた。

「ところで移動は徒歩ですか？」

とアイリは問う。

全員が手ぶらで乗り物も見当たらないからだ。

魔女しかいないので何もおかしくはないが、どうするのか知りたい。

「まさか」

三人の少女は同時に笑って否定する。

「わたしの出番よ」

とデボラが言って指で宙に魔法陣を描く。

「来たれ、わがシモベ」

魔法陣が地面に落ちて光を放ち、馬車を引く二頭の馬が現れる。

「召喚魔法」

アイリは目を丸くする。

召喚魔法自体は有名で使い手も多いが、馬車を呼ぶのは珍しい。

「さあ、乗って」

デボラに言われるまま乗り込む。

内装は質素だがふかふかで乗り心地のよい長椅子をアイリは気に入る。

駆者台《ぎょしゃ》に誰もいないのに馬車が走り出し、

「えっ？」

アイリは困惑した。

両手をぎゅっと握りながら、思わず周囲をきょろきょろしてしまう。

「【ブローズホーブの馬車】は駆者いらずなんだよ、お姉ちゃん」

当然という顔で彼女の隣に座った妹が説明してくれる。

「普通の馬車よりはるかに速い上に、三日三晩休まずに走ってくれるの」

デボラがちょっと得意そうに補足した。

「この馬車がないと移動効率は相当悪くなるでしょうね」

とレティが言う。

「なかなかいいもん持ってるじゃないか」

窓の外からオベロンが平然と話しかけてくる。

「あ、忘れてた」

アイリは素でつぶやく。

「兄はともかくわたしはひどくないですか？」

オベロンを押しのけるように顔を出したティターニアが、可愛《かわい》らしく抗議する。

「ご、ごめんなさい」

アイリが謝った直後、リエルが口を挟む。

「でもついてきてるじゃん？　さすがだね」

「いや、俺たちやエインセルのやつでもないと厳しいスピードだが」

俺を褒めろとオベロンがアピールする。

「すごい召喚魔法なのですね」

アイリが尊敬するとデボラは複雑な表情になって、

「あなたのほうがもっとすごいでしょ」

と言う。

「えっ？」

どこが？　とアイリは本気でふしぎに思う。

「お姉ちゃんはナンバーワン！　世界一」

すかさずリエルが元気よく叫んだのでうやむやになる。

もちろん本人は狙っていない。

姉への愛に忠実だっただけだ。

「緊張感がないけどいいのかしら」

とアイリはつぶやく。

「この子が常にそうなのは、あなたのほうが詳しいんじゃない？」

レティに聞かれて、

「はい」

彼女は認める。

どんなときでも平常運転なのは、リエルの強みだと彼女は思う。

すくなくとも彼女には妹が精神的に追い詰められる姿が想像できない。

「最強戦力で、一番のムードメーカーって強すぎだわ」

とデボラがこぼした評価に、アイリは全力でうなずいた。

リエルが話のタネになるのもよくある。

おかげで初対面のレティ、デボラとも会話に困らない。

対人コミュニケーションが苦手なアイリには、とてもありがたい妹だ。

リエルたちの会話を黙って聞く状況が続く。

大森林に入ったあとの打ち合わせも。

「俺たちも数に入れろよ」

「兄よりは使えますよ」

飛び続ける妖精兄妹が窓の外から会話に加わる光景は、とてもシュールだとアイリは思った。

アイリにとって何日分にも感じるほど長い時間は、馬車の速度が落ちたことで終わりになる。

「そろそろ目的地に着いたみたいね」

とデボラが言った。

「えっ？　まだ日が暮れてないですよ？」

アイリは思わず窓の外を見る。

太陽は真上を過ぎて西に移動しているが、まだ空は赤くない。

「ニンゲンもすごいでしょう？」

とティターニアが兄に話しかける。

「ふん」

というのが返事だった。

馬車が送還されたところでレティが、

「じゃあ打ち合わせ通りにお願い」

と頼む。

「はーい」

リエルは元気よく返事する。

この子がいれば大丈夫だと思うけど、絶対じゃない。

アイリは自分の右手で左の肘をぎゅっとつかむ。

大森林の入り口は意外と広い。

「獣道くらいしかないかと思っていたわ。うれしい誤算ね」

とレティが言うと、

「奥はわからないですよ！　最初だけかも」

リエルが明るく指摘する。

「そうね。楽観は禁物ね。ごめんなさい」

レティは素直に認めた。

「ちょっとだけでも楽になったのは事実でしょ。消耗はすくないほうがいいし」

とアイリが言う。

何となく王女を擁護したくなったのだが、

「そうだね！」

リエルはすかさず手のひらを返す。

レティもデボラも吹き出したからいいけど、アイリは恥ずかしい。

「リエルったら」

ふたりに頭を下げる。

「アイリさんをスカウトしたいわ」

レティが意味ありげなことをつぶやく。

「いまは難しいかも」

デボラもよくわからないことを言う。

アイリは首をかしげながら、ふたりのあとに続いて森に入った。

リエルは彼女の隣をキープして続く。

「さてと、何がどうなっているやら」

オベロンは腕組みをして後方に待機。

「封印の気配は感じますが、うすくないですか、兄上？」

ティターニアは小声で兄に問う。

「ああ。大丈夫だとは思うが、もしものときはアイリを連れて逃げるしかないな」

妖精兄妹の会話が聞こえていない人間たちは予定通り、近距離戦闘に対応できるレティとデボラが前。

得意な魔法が遠距離にかたよっているリエルが後衛でアイリを守るという配置になった。

探知魔法は三人が使えるため、交代して個々の消耗を抑える。

「……思ったより歩きやすいわね」

「モンスターはもちろん、虫も出てこないなんて」

三十分ほど歩いただろうか。

レティとデボラが近況報告の意味で感想をしゃべる。

「毒を持った危険な虫が多いって情報があったんだけど」

レティが疑問を浮かべた。

「お姉ちゃん、そう言えば指輪とペンダントってどうしたの？」

リエルが思いついたように問う。

「えっと……」

妹が気づかないはずがなかった。

アイリは正直に話すか迷う。

だが、妹をごまかす難しさを知っているので、結局打ち明ける。

「指輪はオベロン、ペンダントはティターニアからもらったの」

信じてもらえるか——妹以外に——不安だったけど、

「それね！」

とリエルが即座に叫ぶ。

「まさか、オベロンの指輪⁉」

「手に入れた人って本当にいるの⁉」

レティとデボラが驚愕《きようがく》のあまり絶叫する。

美人って目をむいた表情もきれい。

アイリは逃避目的で、益体ないことを思う。

「オベロンの指輪って、『絶対に手に入らないもの』のたとえで使われるんだよ、お姉ちゃん」

ふたりの驚愕ぶりを謎に思ったアイリに、妹が説明してくれる。

「えっ⁉」

今度は彼女がふたりに負けず驚く番だった。

さすがにそんな情報までは知らない。

思わずはめてある指輪を見つめる。

「これがそんなものだったなんて」

すぐには信じられない。

「オベロンの指輪があるなら、そりゃここを歩きやすいわけだよねー」

納得したとリエルは話す。

「そうなの？」

アイリは先ほどと違う理由で指輪を見る。

「ま、まだわかんないじゃない？　たまたまかも」

彼女は別の可能性を口にした。

「まあ、そうかもしれないわね」

意外とレティとデボラは受け入れてくれる。

「えー？」

不満そうな態度を見せたのはリエルだけだった。

「いや、オベロンから指輪をもらっただけだから。どんな指輪か、まだわかんないから」

とアイリは主張する。

指輪に種類はいろいろあるはず。

「うーん、お姉ちゃんが言うなら……」

リエルは明らかに納得していない。

だが、いま抗弁する不毛さを理解して引き下がる。

彼女の中には贈り主に質問するという選択肢はないようだ。

「では、調査に戻りましょう」

というレティの声で一同は意識を切り替えた。

そして森林の奥へと進んで、空が赤くなった頃。

「いまだに何も起こらないなんて、さすがにおかしいんじゃない？」

とデボラが言う。

「かなり強い加護を持っていることだけはたしかよね」

レティも立ち止まって意見を話す。

「……かもしれないですね」

アイリはまだ認めたくない。

自分の持ち物が大それた効果を持っているなんて、彼女の心が持てあます。

「だよね！　さすがお姉ちゃん！」

一方のリエルはさっきまでムスッとしていたのがウソみたいに上機嫌だ。

「そろそろキャンプの用意をしましょうか」

レティが言うと、デボラが自分の魔法で必要な物資を取り出す。

「魔法のテントですね」

アイリも知識として持っているアイテムだった。

組み立てる必要がなく、気配遮断効果もついている優れもの。

「もっとも強敵には気休めにしかならないから、結局見張りは必要だけどね」

とデボラは笑う。

「はい！　お姉ちゃんといっしょ！」

とリエルが元気に主張する。

「言うと思ったわ。希望時間を詰めましょうか？」

レティも当然だと対応した。

諦められてるのか、とアイリは思う。

王女や魔法学園の生徒会長とふたりきりでも困るけど。

「えーっとね」

レティとリエルが相談している間、アイリとデボラは食事の準備をはじめる。

「火、煙、匂いで寄ってくる子もいますけど」

とアイリは念のため指摘した。

「匂いは難しいのよね」

デボラは苦笑する。

「火と煙ならマジックアイテムが解決してくれるけど」

消臭したものの、匂いに敏感な個体は気づいてもおかしくない。

「ティターニアのペンダントなら、防げますよ」

とリエルが口をはさむ。

「そうなのよね」

レティとデボラの視線が、アイリの首元に向く。

「ど、どうなんでしょう？」

オベロンとティターニアは必要なものを提供してくれただけで、距離をとっている。

自分たちが贈ったものに対する質問は、笑顔でかわすだけ。

アイリは大それたものじゃないと思いたいのだが、みんなが助かるとなると話は違う。

「あなたは背負わなくていいわよ」

とレティがそっとアイリを抱きしめる。

不意のぬくもりと、かすかに甘い香りにアイリは思考を停止した。

「来てもらって何だけど、背負うのはわたしだから」

レティの言葉は王女としての責任感から出てるのだろう。

実は緊張しているとアイリは触れ合って感じとる。

この人だってまだ十代だもんね。

プレッシャーや緊張とは無縁のリエルが精神お化けなだけ。

アイリは納得し、むしろ安心した。

王女だってただの人間だとわかれば親しみを持てる。

「はい、料理できたわよ」

ふたりが抱き合ってる間に、デボラが保存食を用意してくれていた。

乾パンと乾野菜、干し肉というありふれたもの。

「四人で食べたらおいしいね」

リエルがニコニコして言う。

「ええ」

とアイリは返事をしつつ、妹の成長を感じる。

以前のままなら、レティと抱き合ったとき、すぐに割って入ってきただろう。

空気を読み我慢することを覚えたらしい。

学園に入ってよかったのかな、とアイリは思っていると、

「寝るとき、抱き着くからね？」

とリエルに言われる。

どうやら後回しにすることを覚えただけのようで、思わずアイリは苦笑した。

「じゃあ先にわたしたちが見張りますね！」

とリエルが張り切って告げる。

「ええ。あとで起こしてください」

レティとデボラはテントの中に姿を消す。

「邪魔者はいなくなったね、お姉ちゃん」

リエルが悪い顔で言ってきたので、

「ちゃんと見張りするわよ」

とけん制をする。

「はーい」

本気じゃなかったリエルはすぐにいつもの笑顔に戻る。

「……元気そうでよかった」

リエルはぽつりと言う。

しんみりした表情だったものだから、アイリも無下にはできない。

「あなたもね」

彼女の本音だ。

妹の実力は疑う余地がないが、対人能力はすこし怪しい。

エリート揃《ぞろ》いの学園で友達が作れるのか、姉として心配だった。

「わたしは大丈夫だよ。お姉ちゃんがいるもん」

「理由になってないわよ？」

アイリはツッコミを入れる。

「えへへ」

リエルは笑う。

ごまかすものじゃなく、幸せを噛《か》みしめているものだ。

姉として見ていて幸せになるようなものだった。

しかし、不意に妹は真顔になる。

「お姉ちゃん、ふたりを起こしてくれる？」

緊張をにじませた言葉にアイリは従う。

彼女が戦うなら自分は役に立たない。

せめて役に立つ人を起こそうと実行に移す。

「レティさん！　デボラさん！」

呼びかけながらテントの中に入ると、

「敵襲みたいね」

ふたりはすでに起きていた。

すごい、とアイリは感心する。

「リエルは？」

「警戒してます」

アイリはデボラの問いに答える。

「三人で合流しましょう」

というデボラの判断に彼女は従う。

「状況は？」

レティがリエルに話しかけたとき、戦闘はまだだった。

「けっこう強そうな気配がひとつ。わたしの正面から」

リエルはふり向きもせず答える。

「デボラはお姉ちゃんとレティを守って」

と彼女は提案と言うより指示のような言い方をした。

「そのレベルっぽいね」

デボラは逆らわず、アイリとレティの前に立つ。

「レティさん」

アイリとしては妹の援護もしてほしい。

「リエルはひとりのほうが強いから」

返事するレティはどこか寂しそうだった。

「そうですか」

まさか魔法学園でも。

アイリは目をみはる。

同時にリエルが魔法を発動させる。

「風よ、我が手となり、盾となり、剣となれ――ヴィアベル」

風の渦が彼女の両手の前に二つ出現し、前方からの飛来物を防ぐ。

「!?」

アイリがビクッと震えると、

「――ゼーエン」

デボラが魔法を発動させる。

たちまち視界がきれいに広がった。

「視界をよくする魔法」

「正解」

答えたのはレティで、デボラは警戒に意識を割いている。

地揺れとともに姿を現したのは大きな亀のようなモンスターだ。

「オリクトール」

とレティが驚きを含んで名前を告げる。

「様々な鉱石を食べて、己の外殻に取り込むモンスターよ」

「つまり雷属性が狙い目かな？」

彼女の説明を聞いたリエルが微笑《ほほえ》む。

「――ブリッツ・シュトロイエン」

直後雷の弾丸が大量に堅そうな亀の顔に炸裂《さくれつ》する。

「短縮詠唱」

とアイリは目を丸くした。

魔法をより早く撃つための技術を、リエルができることはもちろん知っている。

だけど、別人のように上達していた。

大きなオリクトールが一撃でよろめいたのだから。

「うーん、森を燃やさないように戦うなら、水のほうがいいんだけどなぁ」

とリエルが不満そうに言う。

オリクトールはまだ倒せてないのに、周囲に気遣う余裕もある。

魔法が効かないタロスを一対一で倒したのは伊達《だて》じゃない。

「水でも木々をなぎ倒しかねないから、戦いにくいわね」

デボラがすこしいやそうに言う。

想定してなかったはずはない。

対応できるといやだという感情は両立するのだろうと、アイリは思う。

「氷とか？」

そしてひらめきを口にする。

「それだ！」

リエルは応じた直後、

「――ゲフリーレン」

魔法を唱えてオリクトールを一瞬で凍結させた。

大きな亀はビクともしない。

「勝ったよー」

リエルがふり向き、アイリに誇らしげな顔を見せる。

「さすがリエルね」

本来なら苦戦確実の強敵だったはずだ。

「この子何で学生なのかしらね？」

「この子より強い魔女って何人いるのかしら？」

苦笑気味にレティとデボラは言い合う。

アイリはサーラを浮かべながらも何も言わなかった。

師匠も規格外に分類されるので。

「さて、もうひと眠りしようかしら」

とレティが言う。

「ええ、睡眠は大事だものね」

デボラが同意する。

すぐに切り替えられるなんてすごい。

アイリは自分には無理だと思い、ふたりに尊敬の念を抱く。

「ごめん、まだ早いみたい」

リエルはふたりに詫《わ》びる。

「えっ？」

何のことかわからずとまどったのはアイリだけ。

「みたいね」

レティは苦笑をこぼし、

「長い夜になりそうね」

とデボラはため息をつく。

ほどなくして、大きな蛇型のモンスターがアイリたちの目の前に現れる。

第十三話　森林に眠るもの

Chapter 13

いくつかのモンスターを倒したあと、ようやく一行はひと息つく。

互いに背を預け合って柔らかい地面に尻をつけている。

「どうやら強いモンスターをよけるのは無理みたいね」

とデボラがアイリを見ながら言う。

「はぁ」

指輪やペンダントの効果のことだと彼女も気づいている。

もともと期待してなかったので反応に困ったのだ。

「不思議よね。騎士団じゃなきゃ討伐できそうにないモンスターが何体も生息しているのに、いままで知られていなかったなんて」

とレティは首をかしげる。

「ここは誰も近づかないからでは？」

アイリはきょとんとした。

人が近づかないなら、情報は集まらないはずである。

「ああ、強いモンスターはなぜ森林の外に出ないのか？　よ。理由がわかれば、モンスター対策の助けになるかもしれないから」

「なるほど」

とアイリは返事をする。

モンスターはなぜ人を襲うのか、襲わないモンスターもいるのか、わかっていない。

すこしでも手がかりが欲しいのは、彼女も理解できる。

「見つかるといいですね」

アイリが応援すると、

「ありがとう」

レティは素敵な笑顔を見せた。

「お姉ちゃん、わたしは？」

リエルがいきなり反応する。

「リエルは……どんな夢があるの？」

予想できたがアイリは一応妹に問う。

「お姉ちゃんといっしょ！」

即答された内容は予想通りだった。

「わたしが応援することじゃないわよ？」

アイリが言うと同時に、レティとデボラが噴き出す。

「むー」

リエルは納得できないと頬《ほお》を膨らませる。

「この子はこうなんです」

とアイリは弁明した。

自然と周囲をなごませる性格である。

「もう知ってるわ」

レティとデボラは理解者の笑みを浮かべた。

そのとき、大きな地揺れが発生し、少女たちはバランスを崩す。

「な、なに、これ」

「地面が、揺れてる」

アイリとリエル、レティとデボラは手を握り合う。

地震のない国で生まれ育った彼女たちには未知の体験だった。

「やばい！　アイリ、逃げろ！」

突然現れたオベロンが、珍しく焦燥している。

アイリが理由を聞こうとした瞬間、雲がない星空なのに、いきなり雷が走り地面を叩《たた》く。

メキメキといやな音を立てて、彼女たちの眼前の大木が横倒しになる。

「やばい」

リエルの声に怯《おび》えが混ざったとアイリは気づき、恐怖が高まった。

「なんてこと。伝説は事実だったのね」

ティターニアの声が震える。

過ごしやすい季節だったはずなのに、いまは氷に全身を打たれてるかのように寒い。

「でん、せつ？」

アイリが否定を求めて問いかけた。

「封印が破れた。神々の封印が破れたんだ！」

オベロンが髪の毛をかきむしりながら叫ぶ。

「逃げる？」

小声のレティに対して、

「無理。力の差がありすぎる」

デボラが答えて彼女をかばう位置に移動する。

アイリはおそろしさのあまり声が出ないし、動くこともできない。

彼女の前にリエルが来たのは、デボラと同じ理由だろう。

『我を起こすのか……』

低い中性的な声が響く。

『……神の気配を感じぬ』

大きくないのに明瞭に聞こえる理由を怪訝《けげん》に思う余裕は彼女たちにない。

目の前には大きな黒い山が出現する。

正確には山と見間違うほど巨大なドラゴンだ。

黄金の瞳で見られただけなのに、アイリは気絶しそうになる。

『我がクロウ・クルワッハと知ってのことか？』

漆黒というより暗黒のドラゴンは問う。

「クロウ、クルワッハ……」

声を絞り出したのはリエルだ。

ほかの者は意識を保つだけで精いっぱい。

クロウ・クルワッハ。

神と魔神の覇権をかけた戦いにおいて、何柱もの神々を食い殺したと言われる最強の神殺し、終末の魔龍《まりゅう》。

この地に封じられていたという伝説は真実だったと気づいても今さら遅い。

『脆弱《ぜいじゃく》な人の子らよ』

クロウ・クルワッハの声に威圧はない。

どこか哀れむような響きがある。

『死をもって己の愚行を悔いよ』

クロウ・クルワッハが口を開く。

アイリはもうダメだと思い、ぎゅっと目をつぶる。

ティターニアとオベロンがあわてて彼女の前に立つ。

「空の極みを知るもの、世界の果てで踊るもの、いま我が手に宿り、すべてを打ち砕く天界の斧《おの》となれ——プロケラ・ヴェルテクス」

リエルが凛《りん》として呪文をつむぎ、魔力を大規模に練り上げる。

「大節呪文」

アイリは恐怖を一瞬忘れてつぶやく。

才能ある者の中でもひと握りしか使えない、最高位のもの。

それが大節呪文だ。

リエルはすでにその領域に到達したというのか。

彼女が呼び起こした暴風がクロウ・クルワッハの全身を叩く。

あまりの強烈さに目を開けるのもつらいほどだ。

「これなら、さすがのクロウ・クルワッハでも」

「封印から解けたばかりなら、もしかして」

レティとデボラがほぼ同時に言う。

『もしかして、何だ？』

嵐がおさまったとき、クロウ・クルワッハは平然としている。

『なかなか心地よい風だったな』

と評価する余裕も見せた。

「そ、そんな……」

一瞬の期待はたちまち絶望に変わる。

「いまのもダメか」

リエルは冷静な部分で判断する。

そんな妹をアイリがぎゅっと抱きしめた。

震えが彼女から妹に伝わっていく。

「ひ、ひとりで背負わないの」

アイリは妹の気持ちを理解している。

恐怖で体が冷たくなっているのも、いやな汗をかいているのも、実はふたりともだった。

妹は才能を鼻にかけるタイプじゃない。

いざというとき、自分が前に立ってみんなを守ろうとする、勇気と優しさを備えた少女だ。

「で、でも、お姉ちゃん、わたしが戦わないと」
リエルの言葉も体も震える。
怖くないはずない。
勝ち目がない相手に立ち向かう恐怖がないなんてはずがなかった。
アイリはもう一度、今度は優しく妹を抱きしめる。
『今生の別れは終わったか？』
クロウ・クルワッハが問う。
「意外と優しいのね、あなた」
とアイリが答える。
問答無用で殺されるのかと思っていたので意外だった。
『ふ、我が優しいか。オモシロイことを言うな、貴様』
クロウ・クルワッハは愉快そうに笑う。
「え？　そ、そうかな？」
アイリは首をかしげる。
気のせいか、すこしだけ怖くなくなった、気がした。
『それに免じてひと思いに楽にしてやろう』
クロウ・クルワッハは言って口から突風を吐き出す。

「──プロケラ・ヴェルテクス」

リエルがとっさに呪文を省略して、魔法を発動させて対抗する。

二種類の風がぶつかり合い──一瞬でリエルの魔法は飲み込まれ、少女たちは周辺の木々ともろとも後方に吹き飛ばされてしまった。

「きゃあ！」

「ヴァイヒキッセン」

デボラとリエルは衝撃を緩和する魔法を、仲間たちにかけた。

おかげで四人の体は減速したものの、地面を勢いよく転がる。

「いったぁ～……」

苦痛の声をあげたのはリエルひとりだけだった。

レティとデボラは彼女よりもダメージが大きく、声を出す余裕がない。

ティターニアとオベロンも同様だ。

そしてアイリは打ちどころが悪く気絶してしまった。

「……リエルがいなかったらみんな即死だったわね」

レティが言ったのは事実確認だ。

『無駄な抵抗をするとは。苦痛が長引くだけだぞ』

そこへクロウ・クルワッハの巨体が現れる。

動けば大きな物音と振動が起こりそうなのに、何も起きないのは不可解だが、彼女たちに考える余裕がない。

全身を襲う苦痛と、正面に君臨する絶望に心が飲み込まれそうになる。

『妖精ふぜいが無駄な抵抗をしたものだ。貴様らがいなければ、人の子らは苦痛と恐怖から解放されていたものを』

「うるせえ、デカブツ」

クロウ・クルワッハの憐憫《れんびん》にオベロンはせめてもの抵抗として悪態を返す。

彼らがいなければ死んでいたのだと人間たちは悟った。

『次こそとどめを刺してやろう』

クロウ・クルワッハがふたたび口を開く。

「くっ……」

「空を、うっ」

あきらめず抵抗しようとしたリエルだが、激痛のせいで集中を削《そ》がれてしまう。

目の前に現れた大きな白い火の玉を目にして、デボラは顔をそむけ、レティは目をそっと閉じる。

その瞬間、アイリが立ち上がった——というよりふわっと宙に浮かぶ。

「アロ・ウーラ・アロ」

視点はさだまっておらず、彼女の全身からは虹色の魔力が立ちのぼり、普段のアイリよりも低めの声が何かを言っている。

「お姉ちゃん、じゃない？」

リエルが敵意を込めてにらむ。

『ぬ？』

クロウ・クルワッハの攻撃が止まって怪訝な声を出す。

「バホ・バセ・バラ」

虹色の魔力がアイリの言葉に乗り、クロウ・クルワッハに当たる。

『……そういうことか』

クロウ・クルワッハはアイリを見つめながらつぶやく。

アイリが発する虹色の魔力はふっと消えて、体が落下するのをリエルがあわてて抱き留める。

「ふんっ！」

全身の苦痛に新しい負荷が加わったけど、リエルは愛で耐えた。

『まさかふたたびこの目で見ることになるとはな』

クロウ・クルワッハの口ぶりから、リエルたちは【つなぎ導く地の星《フォルム・ステラ》】のことを知ってるのだと見当をつける。

『その娘が【星】なら、戦う理由はなくなった』

クロウ・クルワッハから放たれる吹雪のような圧迫感が消えた。

「……伝承は本当なの？」

デボラは呆然《ぼうぜん》とし、リエルは姉を膝枕して休ませる。

レティは地面に視線を落としては見上げるをくり返し、三度目でようやく意を決して問う。

「その【星】って何なの？　いったい何者なの？」

一国の王女にとって重要なことだ。

すべての人外に愛される存在なんて、普通の人間だろうか。

オベロンとティターニアは無表情になっている。

知り合ったばかりの人間たちが拒絶を感じる空気をまとって。

『貴様らに言っても詮なきこと』

クロウ・クルワッハは冷たく突き放す。

「ううん」

そこでアイリが目をさました。

「お姉ちゃん、大丈夫？」

「……たぶん」

妹の問いと同時で苦痛を感じ、一気に頭がすっきりする。

『貴様の名は？』

クロウ・クルワッハが問う。

「……？」

アイリは事情が呑《の》み込めない。

魔龍《まりゅう》から敵意と威圧感が消えていて、話しかけてくるのは謎だ。

体を起こしながら妹に視線で問う。

「……お姉ちゃんとは仲良くしたいみたい」

答えたリエルの表情は筆舌に尽くしがたい。

「え、どういうこと？」

アイリは意味がわからず、リエル、レティ、デボラの順に顔を見ていくけど、誰も答えてくれない。

誰にも理解できない状況なのかしら。

と困惑を深めながらも、いちおう答えてみる。

「アイリっていいます」

『そうか。良い名前だな』

「あ、ありがとうございます？？？」

伝説の魔龍と普通のやりとりをするなんて。

面食らいながらもアイリは礼を言う。
『貴様に同行させろ』
いきなり言われて、彼女は、
「えっ!?　ええっと……」
自分じゃ決められないとレティをふり向く。
最終的に責任をとらされるのは王女である彼女のはずだ。
レティは青ざめた顔を必死に上下に動かす。
助かる可能性があるならかまわない。
言葉がなくても伝わったので、アイリは話を聞く。
「えっ、えっと、おとなしくしてくれる？」
とっさにアイリの口から問いが出る。
神話の時代の怪物が気ままに行動するなら、結局大惨事は免れないからだ。
背後から悲鳴が聞こえた気がするけど、聞こえなかったことにする。
『くく……よい度胸だ。善処はするさ』
クロウ・クルワッハの楽しそうな返事が聞こえると、体が光に包まれた。
全員が目を閉じて開いたとき、魔龍の巨体は消えてひとりの美女が立っていた。
露出は多く男性の熱い視線を集めそうな見事な肢体。

爬虫類《はちゅうるい》のような金色の双眸《そうぼう》から、先ほどの魔龍だとわかる。

「あの、クロウ・クルワッハさんですか？」

「いかにも」

魔龍は上機嫌で認めたあと、ふと顎に手を当てた。

「そのままだと不便かもしれんな。クロとでも呼ぶがいい」

適当に考えた気配を感じたが、アイリとしては文句のつけようもない。

「わかりました」

アイリは受け入れる。

「決まりだな」

クロは白いきれいな歯を見せると、不意に空を見上げた。

その方角からひとつの影が舞い降りる。

「先生！」

見覚えのある顔にアイリは思わず叫ぶ。

「無事なようだね」

サーラはちらりと彼女らを見たあと、クロに視線を移す。

「新手か？　何しに来た？」

とクロは興味なさそうに問う。

「世界を守りに来た」

サーラは堂々と言い放つ。

相変わらずカッコイイ。

アイリは思わず拍手をしたくなる。

リエルは実際に拍手をした。

「我との差を理解できない暗愚には見えないが」

クロは怒るどころか楽しそうに爬虫類のような舌で、自分の唇をなめる。

「自分より強くて勝ち目のない相手から逃げていいやつと、逃げちゃいけないやつがいる。あいにくとあたしは後者なんでね」

サーラは臆さずに語る。

リエルと違って使命感が恐怖を凌駕《りょうが》していて、緊張していない。

勇猛な闘志と強大な魔力がみなぎっている。

「英雄と呼ばれる者がこの時代にもいるか」

クロは目を細めた。

不穏な気配が両者の間に生まれる。

「あ、あの！」

アイリは勇気を出して声をかけた。

サーラはけわしい視線を彼女に浴びせ、クロはふっと笑う。

「安心しろ。戦う意思はない。貴様の関係者だろ？」

「そ、そうです」

アイリが認め、

「……はっ？」

サーラはぽかんとした。

さっきとはうってかわって隙だらけになり、アイリとクロの顔をかわるがわる見比べる。

「しつこく喧嘩《けんか》を売られたら別だからな、貴様から言い聞かせろ」

「えっ」

クロの言い分は何もおかしくない。

ただ、アイリは自分が師匠に説明するのか、と困る。

何がどうしてこうなったのか、さっぱりわからないのに？

「えっと、お姉ちゃんのおかげで命拾いしました」

かわりとばかりにリエルが話す。

「……ウソだろう」

サーラは信じられないと頭を振る。

「気持ちはわかります、サーラ様」

レティが心の底から同意した。

「さすがに予想外だよ」

とサーラがこぼす。

大げさな、とアイリは言わない。

クロがそれほど強大なのは実感したばかりだ。

だけど、本当に自分の力なのだろうか。

「王宮に戻ったら報告をしませんと」

「信じてもらえるかしら？」

「さ、さあ？」

レティとデボラはひそひそと相談する。

「俺たちが証言してやろうか？　アイリの活躍を」

と今まで黙っていたオベロンが口を開く。

「兄上、珍しく素敵な提案ですね」

ティターニアがうれしそうに手を叩《たた》いた。

「アイリ、こいつらは……妖精王クラスだね」

サーラはひと目で看破した。

「えっと、はい」

わかるのか、とアイリは目を丸くする。

「まとめて報告したほうがいいだろうね。それが一番ましだろうさ」

サーラはこめかみを揉《も》みながら、頭痛をこらえる表情で言った。

あとがき

初めまして、あるいはお久しぶりです。

このたびは『日陰魔女』を手に取っていただきましてありがとうございます。

今作の主人公は女の子です。

私の過去作をご存じの方は「えっ」と思われたかもしれません。

初めての挑戦なのでドキドキしております。

そういやまだ書いたことなかったな、と気づいたのがきっかけとなりました。

書きだすにあたって、男性主人公と女の子主人公を同じ考え方で書くのはどうなのかなあと思いました。

女の子主人公ならではの魅力はどうやれば描けるのか悩み、担当様とたくさんやりとりをした結果、この作品は仕上がりました。

アイリの魅力が皆様に届けばこの上ない喜びです。

本文を読む前にあとがきから入る方はおそらくいると思いますので、ネタバレになりそうな発言はひかえておきます。

続きまして謝辞に移ります。

担当様、今作もお世話になりました。

イラストレーター・タムラヨウ様、編集部の皆様、お世話になりました。
おかげさまでいい作品に仕上がったと思います。
まことにありがとうございます。

相《あい》野《の》 仁《じん》

日陰魔女《ひかげまじょ》は気《き》づかない
～魔法学園《まほうがくえん》に入学《にゅうがく》した天才妹《てんさいいもうと》が、姉《あね》はもっとすごいと言《い》いふらしていたなんて～

著　相野 仁《あいの じん》

角川スニーカー文庫　23965

2024年１月１日　初版発行

発行者　山下直久

発　行　株式会社KADOKAWA

〒102-8177 東京都千代田区富士見2-13-3

電話　0570-002-301（ナビダイヤル）

印刷所　株式会社暁印刷

製本所　本間製本株式会社

◇◇◇

Printed in Japan　ISBN 978-4-04-114063-5　C0193

★ご意見、ご感想をお送りください★

〒102-8177 東京都千代田区富士見 2-13-3

株式会社KADOKAWA　角川スニーカー文庫編集部気付

「相野 仁」先生「タムラヨウ」先生

角川文庫発刊に際して

角川源義

第二次世界大戦の敗北は、軍事力の敗北であった以上に、私たちの若い文化力の敗退であった。私たちの文化が戦争に対して如何に無力であり、単なるあだ花に過ぎなかったかを、私たちは身を以て体験し痛感した。西洋近代文化の摂取にとって、明治以後八十年の歳月は決して短かすぎたとは言えない。にもかかわらず、近代文化の伝統を確立し、自由な批判と柔軟な良識に富む文化層として自らを形成することに私たちは失敗して来た。そしてこれは、各層への文化の普及滲透を任務とする出版人の責任でもあった。

一九四五年以来、私たちは再び振出しに戻り、第一歩から踏み出すことを余儀なくされた。これは大きな不幸ではあるが、反面、これまでの混沌・未熟・歪曲の中にあった我が国の文化に秩序と確たる基礎を齎らすためには絶好の機会でもある。角川書店は、このような祖国の文化的危機にあたり、微力をも顧みず再建の礎石たるべき抱負と決意とをもって出発したが、ここに創立以来の念願を果すべく角川文庫を発刊する。これまで刊行されたあらゆる全集叢書文庫類の長所と短所とを検討し、古今東西の不朽の典籍を、良心的編集のもとに、廉価に、そして書架にふさわしい美本として、多くのひとびとに提供しようとする。しかし私たちは徒らに百科全書的な知識のジレッタントを作ることを目的とせず、あくまで祖国の文化に秩序と再建への道を示し、この文庫を角川書店の栄ある事業として、今後永久に継続発展せしめ、学芸と教養との殿堂として大成せんことを期したい。多くの読書子の愛情ある忠言と支持とによって、この希望と抱負とを完遂せしめられんことを願う。

一九四九年五月三日

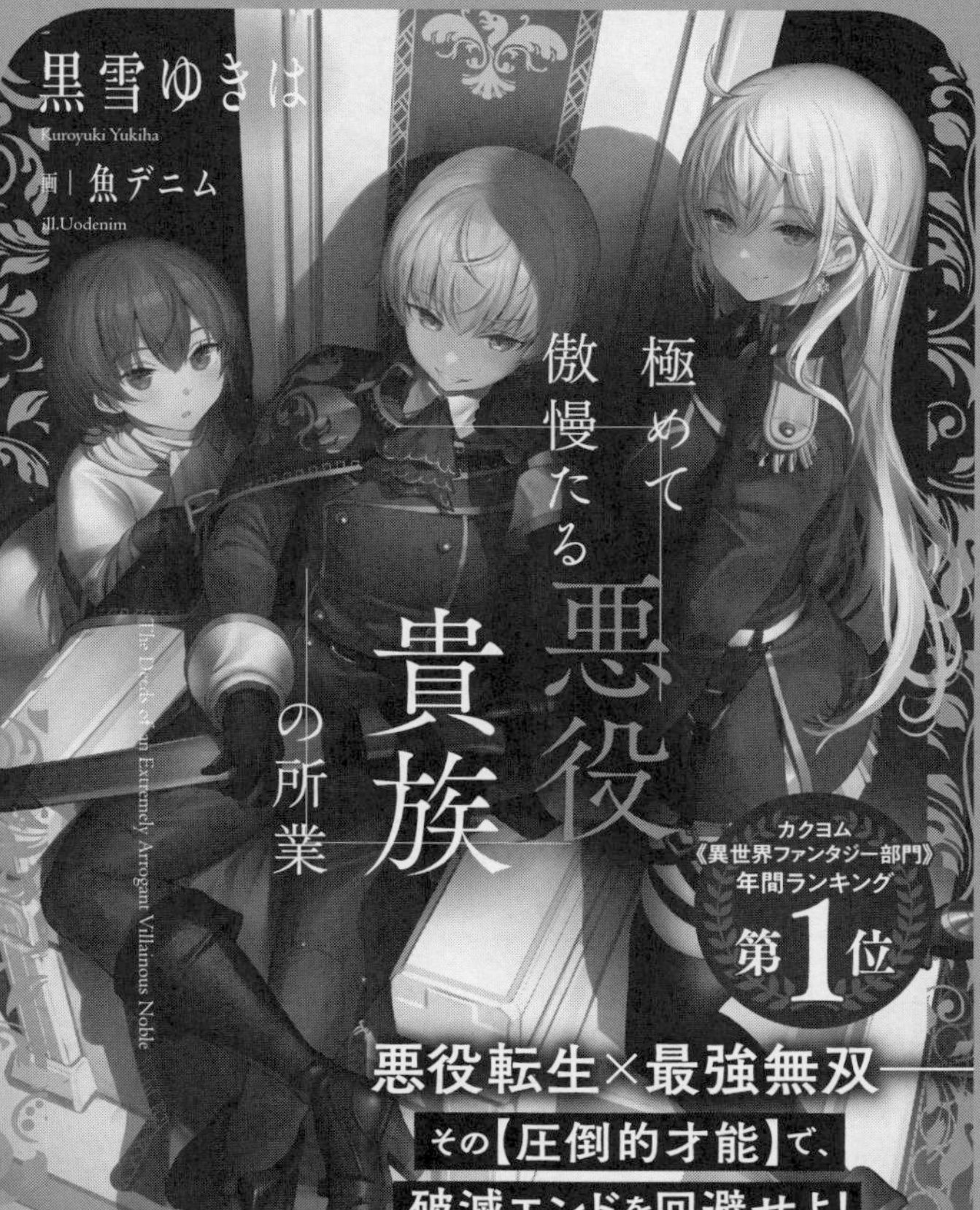

黒雪ゆきは
Kuroyuki Yukiha
画｜魚デニム
ill.Uodenim
極めて傲慢たる悪役貴族の所業
The Deeds of an Extremely Arrogant Villainous Noble
カクヨム
《異世界ファンタジー部門》
年間ランキング
第1位
悪役転生×最強無双――
その【圧倒的才能】で、
破滅エンドを回避せよ!
俺はファンタジー小説の悪役貴族・ルークに転生したらしい。怪物的才能に溺れ破滅する、やられ役の“運命”を避けるため――俺は努力をした。しかしたったそれだけの改変が、どこまでも物語を狂わせていく!!

スニーカー文庫